Julie Schrader

Bethlehem und Gänsebrust

Gesammelte Advents- und Weihnachtslust

Herausgegeben von Anni Julie Wessling
Mit Illustrationen von Dorlis Meyer

Hoffmann und Campe

Weihnacht

Weihnacht ist das Fest der Liebe,
Weihnacht ist das Fest der Freud'!
Weihnacht schafft Dir Herzenstriebe,
Wie das Jahr sie sonst nicht beut.

Weihnacht ist das Fest des Essens,
Weihnacht ist das Fest, das bläht.
Weihnacht will man rasch vergessen
Donnerwort' der Pietät.

Weihnacht ist das Fest der Seelen,
Weihnacht ist das Fest der Lust.
Weihnachten tun sich vermählen
Bethlehem und Gänsebrust.

Als der Schnee noch wirklich weiß war...

Ein Vorwort von Anni Julie Wessling

Zu der Zeit, da im Berliner Schloßgarten der Kaiser am Weihnachtsmorgen allen Vorübergehenden ein Goldstück mit seinem Bildnis in die Hand drückte, da die »Illumination« der Städte durch Gaslichte erfolgte und der Schnee wirklich noch weiß war, da sich bei den Poeten »froh« auf »Stroh« reimen durfte, ohne daß deswegen deren Gedichte als banal abgetan wurden, lebte ein hübsches Mädchen, das sich in vornehmen norddeutschen Häusern sein »Salair« als Vorleserin, Hausdame, Bonne und Erzieherin verdiente: Julie Schrader (1881–1939), der »Welfische Schwan«, auch das »Pusteblümchen« genannt.

Wir kennen sie längst als »komisch-naive Dichterin«, als Verfasserin zweier »wilhelminischer Rührstücke«, die den Titel »Genoveva oder Die weiße Hirschkuh« und »Der Cassernower« tragen, und als männerbegeistertes Fräulein, das »in Correspondencen schwelgte« und sich manchem Poeten, Komponisten und Denker von Rang wie von ungefähr zugesellte. Inzwischen sind auch eine Menge von Klischeevorstellungen entwickelt worden, um dem Phänomen »Julchen« beizukommen und eine Erklärung dafür zu finden, unter welchen »Umständen« aus der Tochter einer klugen und vornehmen Bauerntochter und eines Eisenbahnbeamten eine »Poetantin«, wie Julie Schrader sich selber bezeichnete, wurde, und woran es liegen mag, daß ihr ein so unerhörter postumer Erfolg zuteil wurde.

Festzustellen ist, daß es neben der unfreiwilligen Komik im Werke »Julchens« auch eine Menge »freiwilligen«

Humors und echter Satire gibt, wie denn auch der Kritiker Friedrich Luft erklärte: »Vermutbar bleibt, sie schrieb Kitsch und Haarsträubendes mit ironisch geknickter Feder. Sie stellte sich nur dumm. Sie war es sicher nicht. Sie zwinkerte beim Schreiben. Sie stellte sich naiv... aber sie verlautbarte Entsprechendes doch wohl eher aus Kalkül, Hohn und ironischer Berechnung.«

Was meine Tante Julie Schrader zum Thema Weihnachten, Advent und Winter erdichtete und ersann, dürfte zuallererst ihrem unglaublichen Gefühlsüberschwang zuzuschreiben sein und jener Lust, von der sie meinte: »Sie peinigt mich Tag und Nacht, sobald der schreckliche Totensonntag vorbei ist und es in den Läden und Localen zu glitzern, zu brillern und zu wohlriechen anfängt.« Und sie fügt hinzu: »Ich könnte selberst wie ein bunter Weihnachtsbaum herumlaufen und mich überall mit Lametta und Kugeln, Vögeln und Engeln behängen. Diese Zeit ist zu schön, und wenn man sonst nicht leben will, dann lebt man jetzt, wo einem auf der Straße vor Wertheim die Nikoläuse in den Peau-Peau zwicken und man nicht weiß, wo man die Augen zuerst haben soll.«

Es darf uns nicht verwundern, daß die »Poetantin« dem weihnachtlichen Geschehen auch in ihren Gedichten breitesten Raum gab und daß sie an »Bethlehem und Gänsebrust«, die sie ungeniert, frech und ironisch miteinander »vermählte«, ihre »Dichterwut« ausließ. Schöne rote Kerzen, der Duft vom Adventsgebäck, Tannenbäume, betont männliche Nikoläuse, Knecht Ruprechte, Eiszapfen, Engelsfiguren, Lametta-Girlanden, Schneemänner und dampfende Punsche, das alles inspirierte sie über die Maßen und fand in »Oden«, Vierzeilern, Erzählungen und Briefen reichlichen Niederschlag. Wohl kaum ein anderer Dichter oder eine andere Dichterin ihrer Zeit hat dem Thema Weihnachten soviel an Ideen und Einfällen abgewonnen. Daß sie auch dabei, um es mit Willy Haas zu sagen, »nie ein Blatt vor den Mund nahm« und »alles, was sie und ihre Umwelt tangierte«, besang und bedichtete, macht schließlich ihren Rang als »größtes komisch-naives Talent deutscher Zunge« aus.

Voller anzüglicher Doppeldeutigkeit spinnt sie ihre poetischen Fäden, feiert sie Sankt Nikolaus als »alten Knecht der Liebe« und kommen in ihr beim Blick in den leuchtenden Tannenbaum Erinnerungen an (erotische) Jugenderlebnisse auf. Alles hat »goût« – und nicht zu wenig!

Aber die Medaille hat auch eine Kehrseite. Nach dem Ausbruch des Ersten Weltkrieges und den herben Verlusten in der Familie mit dem »Heldentod« ihres Lieblingsbruders Willy kriegen »Julchens« Gedichte und Eintragungen eine andere, weitaus weniger komische Dimension. Sie durchschaut das »Gewese«, und fortan leuchten die Augen des Kaisers nicht mehr »wie zwei Sterne«. Sie macht ihn für das grausame Morden und Töten verantwortlich.

Unter diesen Eindrücken verfällt ihre Jugendromantik. Der »Welfische Schwan« wird realistisch und anklägerisch. Weihnachten verliert für Julie Schrader seinen Zauber, die heile Welt gehört unwiederbringlich zum Gestern.

Der güld'ne Zapfen

Dort jener güld'ne Zapfen
Am grünen Tannenbaum,
Er gleicht so prall und herrlich
Dem Jugendblütentraum.

Wenn ich ihn seh' am Zweige,
Dann schau', mein Held, ich Dir
Durch alle Erdenhüllen
Bis auf die schönste Zier.

Er ist schon sehr verkleckert
Mit Kerzentalg und Docht.
Das haben über zwanzig
Erlebte Jahr' vermocht.

Am unt'ren Zapfenende,
Da ist er angekratzt.
Im Feuer heißer Lichter
Ist manches abgeplatzt.

Und doch bleibt er erinnernd
Das schönste Stück im Baum.
Mein schöner, güld'ner Zapfen,
Mein Jugendblütentraum!

Der Wunsch

Nun ist die Braunkohlzeit zu Ende,
Die letzten Astern längst dahin.
Wir stehen an der Winterwende
Und freuen uns auf den Kamin.

Dort, wo die warmen Ofendämpfe
Uns zärtlich um die Glieder zieh'n,
Da lösen sich die Herzenskrämpfe
In andachtsvoller Medicin.

Es knistert im Gebälk, das brennend
In dem Kamin zusammenbricht;
Den eig'nen Sinn so ganz verkennend,
Ringt es um Wärme und um Licht.

Ich starre in das heit're Feuer
Und habe nur den einen Wunsch:
Ein klitzekleines Abenteuer
Mit Dir bei einem Glase Punsch!

An Karl

(Auf den Advent des Jahres Anno Domini 1898)

Mein lieber Karl, es ist Advent,
Und wenn vor Dir ein Lichtlein brennt,
So denke fromm, daß dieses Licht
Dein Julchen ist. Sonst keine nicht!

Halt' mich mal fix an Deinen Mund,
Dann merkst Du bald den rechten Grund,
Warum ich Dich verbrennen tu':
Du läßt Mathilde nicht in Ruh'!

Wenn Du sie nicht sofort vergißt,
Dann weiß ich nicht, was Liebe ist,
Die, wie Du schreibst, ganz fürchterlich
Sich wölbt und drängelt gegen mich.

Zum Fest sag' ich Dir keinen Mucks,
Du liebestoller Schlabberjux,
Weil Du Mathilde angehörst
Und trotzdem mir die Liebe schwörst.

Komm' Du nach hier, dann blüht Dir was!
Denk' nicht, Dein Julchen ist zupaß,
Wenn sie nur einen Knaben sieht,
Den es schon in die Betten zieht!

Es sei denn, daß Du Reue fühlst
Und nicht mehr Cassernower spielst,
Und schwörst, daß Du nicht aus mehr büxt,
Und mir gleich zwei Pfund Knabber schickst.

Ach Karl, Dir brennt ein falscher Docht!
Was meinst Du, wie mein Herz jetzt pocht!
Mit Dir im trauten Kerzenschein,
Das könnte paradiesisch sein.

Die wahre Flamme bin nur ich,
Das fühlst Du auch ganz sicherlich;
Hältst Du sie hin mir dann und wann,
Zünde ich Dir die Kerze an.

Hat diese lang' genug gebrannt,
Nehm' ich sie rasch in meine Hand
Und blase ihr den Odem aus,
Dann wird es still im Knusperhaus.

Advent

Jetzt kommen bald die Christfestwochen,
Man nennt das überall Advent.
Es wird vom Schenken nur gesprochen,
Und jeder kauft und feilscht und rennt.

Bei Wertheim glänzt der Stern der Weisen!
Die Krippe kostet hier fünf Mark.
Wo falsche Engel Weihnacht preisen,
Da ist der Glaube äußerst karg.

Sie singen nur für die Reclame,
Ihr Jubel ist ein falscher Glanz!
Vergessen ist die Kreuzabnahme.
Dies' Hallelujah heißt »Finanz«!

(1910)

Der Schnee

Der Schnee fällt auf die Türme,
Fällt auf die Dächer gar.
Welch' märchenhafte Stürme,
Wie ist das wunderbar!

Er fällt Dir auf das Haupte
Und krönt Dich hehr und licht.
Du bist die Vollgestaubte
Und kennst Dich selber nicht.

Bald hängt am Ohr Dir Eise,
Die Nase tröpfelt schlimm.
Du hörst der Eng'lein Weise:
Klimbim! Klimbim! Klimbim!

Du siehst nicht mehr die Orte,
Die sonst im Schmutz erstarrt.
Wie Sahne auf der Torte
Liegt unser Schnee. Apart!

Der Erde wildem Fluche
Hat die Natur gebeut.
Mit ihrem Tafeltuche
Hat Dunkles sie zerstreut.

Ja, lieber Schnee, Du milder,
Du änderst uns're Welt.
Ich hab' mir tausend Bilder
Von deinem Fall bestellt.

Walle . . .!

Walle, Winter, walle mächtig,
Walle Schnee und Sturm und Eis!
Schütte Deinen Wintersegen
Auf den ganzen Erdenkreis.

Walle, Winter, walle hitzig
Warme Glut dem Ofen rein!
Keiner ist so aberwitzig,
Ohne Holz und Torf zu sein.

Walle, Winter, walle festlich
Walle Weihnacht uns ins Haus!
Nördlich, östlich und auch westlich
Gibt es einen Gänseschmaus.

Walle, Winter, walle Frieden,
Walle Eintracht, Lob und Freud'!
Wer Dich so antrifft hienieden,
hat den Winter nie gereut!

Schneeflöckchen

Du Flöckchen Schnee auf meiner Hand,
Du mußt recht bald vergehen.
Du kamst aus einem fremden Land,
Das nur die Eng'lein sehen.

Du bist ja nicht aus Fleisch und Blut,
Du hast auch keine Träume.
Du treibst in einer weißen Flut
Auf Dächer und auf Bäume.

Du wirst von mir jetzt aufgetaut,
Du lebst nicht mehr, Du Gutes.
Du drangst durch meine zarte Haut
Als Wasserstoff des Blutes.

Heit're Boten

Wenn ich einst im Grabe lebe,
In der fürchterlichen Gruft,
Kommt aus Eurer Himmelsschwebe,
Heit're Boten aus der Luft!

Setzt Euch nieder an dem Beete,
Drinnen meine Glieder ruh'n,
Bis die siebente Trompete
Mich erweckt zu neuem Tun!

Sagt mir dann, daß auf der Erde
Weihnacht seine Fühler streckt
Und daß in dem Stirb' und Werde
Nie ein Mensch umsonst verreckt!

Meine liebe Schwester Emmakindchen,

gestern hat Mademoiselle Plühmann zu uns gesagt, daß der Winter an sich wie ein großes Loch ist, woselbst hinein alles fällt, was das lange Jahr angesammelt hat. Du kannst Dir von diesem Loch ein Beispiel nehmen und noch alles hinterher werfen, was Dich bedrückt, indem besagtes Loch so groß ist, daß es die ganze böse Welt überschlucken kann. Ich habe in dieses Loch auch schon sehr viel hinein geworfen, vor allem dieses Übel mit Karl, der ein ganz vermaledeiter Ziffi* geworden ist und nach jedem Rock pliert, vor allem, wenn er Mathilde Bullerjahn heißt!

Wir machen jetzt sehr schön in Advent und alles ist bunt. Frau Directohr Knille-Kuhloo hat gesagt, daß Advent eine Ankunft ist, was wir ja auch schon längst von Louis Harms sel. wissen. Aber nicht eine sehr gewöhnliche Ankunft wie auf dem Bahnhofe, sondern dieselbe von Jesus Christus, welcher jedes Jahr zu Weihnachten einmal niederkommt, damit wir alten Räudesünder nicht zu Schanden werden und Gnade vor Gott finden, wenn wir durch das diamantene Tor zur ewigen Seeligkeit schreiten. Die Knille-Kuhloo sagt, man spürt die Ankunft. Manchmal sehr doll, indem das Herz klopft und man immerzu Hallelujah schreien will. Wenn mir das Herz klopft, will ich aber nicht immerzu Hallelujah rufen, sondern lieber: »Karl, was bist Du für eine Canallje!« Das ist meine Ankunft. Und es wird eine schlimme Bescherung, wenn der Kujohn den Heiligen Abend ankommt und mir schöne Augen macht und schmachtet. Den

* *Primaner*

lasse ich sitzen in seiner Schmacht, bis ihm die Nadeln vom Baum fallen, ohne daß ihn einer schüttelt! Du kannst Dir nicht denken, was das für eine Sorte von Wut ist, welche in meiner Inwendigkeit muckert! Jede Sorte! Ich kann unseren Jesus Christus aber auch nicht verstehen, daß er mir ausgerechnet eine solche böse Ankunft beschert, indem ich doch die Tugend von Person bin. Ich weiß, Du wirst mir sagen, daß er mich prüfen will wie der Propst die Konfirmanden vor der Konfirmation. Das ist aber nicht so! Und Jesus soll sich mal fix was schämen, daß er mich so anmeyert und kujohniert! Vielleicht, daß Du ihm mal die Leviten liesest, wenn Du abends zu ihm betest. Sage ihm, daß er Julchen eine bessere Ankunft bringen soll und daß sie zu Ballenstedt am Harze in der Pension von Frau Directohr Knille-Kuhloo ist und immerzu an ihren Karl aus Limmer denken muß. Ich habe schon richtig um Karlen geweint, aber es nützt nichts. Je mehr man sich naß macht, desto schlimmer wird die Wut, daß man die Wände einreißen möchte und das Jüngste Gerücht herbei wünscht. Wenn ich Weihnachten komme, mußt Du mir beistehen und wir werden den dummen Karl einen großen Schabernack machen, indem wir ihm eine Forke oder Spickgabel unter das Bettlaken tun, daß er sich mal ordentlich pieken und stechen kann und dann angejammert kommt, daß wir ihm das Gegenteil pusten und verbinden müssen. Ich hoffe auf Deine Hülfe und die Hülfe des Herrn, der uns alle liebt, auch Dich, meine liebe Schwester Emma. Dieses wollte Dir mitgeteilt haben Deine Julemule, Pensionistin . . .

Wer Bethlehem vergißt,
Ist ein schlechter Christ.
Doch wer es im Herzen trägt,
Sich mit in die Krippe legt!

Ein Sang

(Meinem lieben und tugendreichen Freund Carl Oberdieck, Mehrer des Glaubens und Apostel gegen die allgemeine Besäufnis der Menschheit zu Suderburg, Lüneb. Heide, woselbst Pastor und Hirte, daß alle, die an ihn glauben, nicht verloren werden! Anno Domini im Jahre des Herrn 1906)

Salems Herrlichkeit zu schauen,
Leitet Christus uns hinfort.
Uns mit Gnade zu betauen,
Führt er uns zum Seelenhort,
Wo des Himmels Mannah sproßt:
Meines Herzens schönste Kost!

Salems Lieblichkeit zu fühlen,
Küßt uns Jesus Christus hold.
Auf den sanften Wolkenpfühlen
Gibt es Liebe unverzollt,
Wo des Himmels Mannah sproßt:
Meines Herzens schönste Kost!

Salems Freundlichkeit zu spüren,
Ist der Herr erschienen heut',
Uns zur Seligkeit zu führen
In das Land aus Fried' und Freud,
Wo des Himmels Mannah sproßt:
Meines Herzens schönste Kost!

Salems Mächtigkeit zu zeigen,
Nahm der Geist die Jungfrau an,

(Was sie Joseph tat verschweigen,
Ihrem angetrauten Mann!)
Wo des Himmels Mannah sproßt:
Meines Herzens schönste Kost!

Salems Friedlichkeit zu künden,
Kam der Retter auf die Erd'.
Uns zu lösen von den Sünden,
Dieser nun mit uns verkehrt,
Wo des Himmels Mannah sproßt:
Meines Herzens schönste Kost!

Salems Gütigkeit zu preisen,
Knie ich vor seinem Fürst,
Ihm die Wohltat zu erweisen,
Daß Du sein Gesetz gebierst,
Wo des Himmels Mannah sproßt:
Meines Herzens schönste Kost!

Salems Lauterkeit zu schmecken,
Suche ich den Fingerzeig
Gottes, der mich wird erwecken,
Er braucht mich als Sauerteig,
Wo des Himmels Mannah sproßt:
Meines Herzens schönste Kost!

Salems Sauberkeit zu pflegen,
Wäscht Gott mir die Sünden ab;
Himmelsseife mir zum Segen,
Die er mir durch Luther gab,
Wo des Himmels Mannah sproßt:
Meines Herzens schönste Kost!

Salems Fröhlichkeit zu kosten,
Feiern wir das Weihnachtsfest.
Jesus sitzt auf seinem Posten
In dem muntren Engelsnest,
Wo des Himmels Mannah sproßt:
Meines Herzens schönste Kost!

Salems Festlichkeit zu schauen,
Muß ich erst gestorben sein.
Doch ich will dem Heiland trauen,
Der mich dorthin läßt herein,
Wo des Himmels Mannah sproßt:
Meines Herzens schönste Kost!

Salems Seligkeit zu finden,
Nimmt er mich in seine Huld,
Die aus dreiundzwanzig Gründen
Endlos aus dem Geist ihm strullt,
Wo des Himmels Mannah sproßt:
Meines Herzens schönste Kost!

Aus einem Brief an die Mutter Elisabeth

12. Dezember 1909:

»... weil aber der dreiundzwanzigste Psalm mein liebster ist und ich schon oft gemerkt habe, wie sehr der Herr mein Hirte ist und daß ich das letzte dumme Schaf in seiner Hürde bin, welches nicht einmal in der Adventszeit dem göttlichen und einzig wahren Bocksgeruch des allmächtigen Schäfers folgt. In der Großstadt kommt man ganz vom Glauben ab, weil man gar keine Zeit findet, ihn zu estimieren. Glauben ist was für die Dörfer, wo sie noch mit Inbrunst ihre Saat in die breite Furche Gottes legen und sich bannig darüber freuen, daß was in den Halm schießt, wenn das Korn reift. Ich sage Dir, Du kannst Weihnachten überall riechen. In jedem Geschäft hast Du kaum, daß du darinnen bist, die Nase voll von gebranntem Zucker, Cardemummen und wer weiß was. Das frabrizieren sie und streuen sie aus, damit Du wie die Fliege auf den Leim gehst und vor den Tresen wie angebackt stehenbleibst. Dann mußt Du was kaufen, ob Du willst oder nicht, weil es Dich sonst geniert, daß Du so lange stehengeblieben bist. Sind es Ladenfräuleins, kannst Du noch mal Glück haben und es kostet nichts weiter als eine Entschuldigung, indem Du sehr von oben herab »Pardong!« sagen mußt und dann um die Ecken biegst. Aber die Ladenmänner! Es sind alle schlimme Cassernowers und sie kriegen Dich immer rum, daß Du was kaufst. Sie sagen Dir den gröbsten Schmuus und schon haben sie was eingepackt, die Cassa gepinkt und dann warten sie auf Dein Portmanneh. Leider muß ich sagen, daß der Herr nicht immer auf uns achtet, und er könnte auch mal ein Hirte sein, wenn wir armen Menschen von der teuflischen Kaufsucht in einem Geschäfte gequält werden, indem er uns mit seiner christlichen Wahrheit von den Ladenschwengels fernhält. Magdalena Wiedemann, welche von sehr katholischer Natur ist, sagt, daß sie ein Kreuz über ihr Gesicht und ihren Busen schlägt, wenn sie einer drängt, daß sie was kaufen soll. Und das hilft! Aber ich kann doch kein Kreuz nicht schlagen, indem der Geist Martin Luthers bei der Taufe sein Wasser über mich gelassen.

Nein, liebste Grummuttée, Du findest mich nicht auf der Seite der Heuchler und des Otterngezüchts! Ich bin sehr, sehr standhaft. Das kannst Du mir glauben. Wenn ich mit meinen vielen Paketen zurückkomme, denke ich gleich an den dreiundzwanzigsten Psalm und dann wird mir besser und ich denke, mir wird nichts mangeln, auch wenn das Portmanneh leer ist. Dieses wollte Dir zu einer wahrhaften Erbauung im heiligen Advent gesagt und geschrieben haben Deine liebe Julemule, welche in der Furcht des Herrn schreitet und am Heiligen Abend als Nachtisch am liebsten Citronenspeise mit Sahne ißt!

Ein Gesang

(. . . für die »Hermannsburger Mission«, welche vorzeiten von dem göttlichen Prediger Louis Harms gezeugt wurde, auf daß den Negern die Blößen zugedeckt und Christi Wort in das schwarze Herz gepflanzt werde; am Heiligen Abend in der Kirche zu singen, wenn der Klingelbeutel umgeht und einjeder auf die tiefste Besinnung für die Mission gebracht werden soll; zu singen nach der allerwärts bekannten Melodie.)

So nimm denn meine Spende,
Die ich verdient
Im Schweiße meiner Hände,
Damit gesühnt
Werd' schlimme Negersünde
In Africa.
Die Mission verkünde:
»Das Heil ist da!«

Die kleinste Weihnachtsgabe,
Die einer gibt,
Läßt wachsen jene Habe,
Die Gott so liebt.
Je mehr Du ihm bescherest
Von Deinem Lohn,
Durch Mission bekehrest
Zu seinem Sohn.

Wenn meine Taler wandern
Gen Hermannsburg,
Wo sie mit all den andern
In Gottes Furch'
Die Saat der Bibel legen
Zu schöner Pracht,
Wird Mission zum Segen
Und großer Macht.

Bald eilen zwanzig Männer
Mit meinem Geld,
Die besten Bibelkenner
Aufs Missionsfeld,
Wo sie die Neger fangen
Und taufen bald
Mit Knüppeln und mit Stangen
Im Uhrenwald.

Ach, Herr, wie geb' ich gerne,
Damit gescheh'
Auch in der fernsten Ferne
Gethsemane
Für jeden armen Heiden,
Der vor der Tür.
Du sollst als Hirt ihn weiden,
Ich zahl' dafür.

Die Weihnachtsglocken klingen
Für Mission.
Wir alle Lob Dir singen
Und Deinem Sohn.

Für Hermannsburg zu spenden,
Ist jedem Pflicht.
Kommt wer mit leeren Händen,
Segne ihn nicht!

(1904)

Aufzeichnung aus dem Jahre 1905

Es gibt so teure Läden, daß man dreimal vorbeigeht und sich scheut, dieselben zu betreten, und es sind richtige Ladenschwengel hinter den Tresen, welche einen fexieren und anschmieren, daß man nachher nur fünf Fongdangs in der Düte hat, aber für zehn bezahlen mußte. Sie halten den kleinen Finger auf die Waage und denken, man sieht es nicht, und dann machen sie Flört mit einem, wenn gerade der Zeiger auf der Waage ausschlägt und man von wegen der aufsteigenden Hitze ganz abgelenkt ist. Aber ich kenne das und bin die Obacht in Person, daß es mir nicht passiert. Indem es einer doch tut, sage ich ihm ins Gesicht: »Sie haben den kleinen Finger drauf!« Dann sind sie ganz kariert und wissen nicht, wohin sie ihre Verlegenheit stecken sollen.

Manche von den Ladenschwengeln machen auch die Düte wieder auf, wenn sie dieselbe schon zugeknüggelt haben, und legen noch einen Prallinee drauf, daß man es auch ja sieht, und dann seufzen sie und schmachten, daß sie um sechse frei sind und ein Rangdevuh haben wollen, weil ihnen so darnach ist und sie sagen: »Ach, meine Dame, Sie schickt mir der Himmel!« Man muß ihnen sehr directement Bescheid tun und ihnen sagen: »Sie sind wohl meschügge, mein Herr!« Oder man muß sagen: »Wer denken Sie, daß ich bin, mein Herr?« Ganz von oben herab, und dann ergreift man die Düte mit spitzen Fingern und geht mit Kopfhoch aus dem Laden, und wenn der Schwengel hinterherruft: »Frohes Fest!«, dann dreht man sich in der Türe noch einmal um, munstert ihn von den Schuhen bis zur Glatze und sagt: »Aber nicht mit Ihnen, mein Herr!«

Die allerteuersten Läden sind so vornehm, daß man schon an der Türe von einem Beschließer im Cutterweg* bedienert wird. Hat man an sich eine gewisse Vornehmheit, indem man ihn nicht beachtet und wortlos an ihm vorbeischreitet, wird man mit »Gnädige Frau« angeredet. Wofern der Hut sehr groß und man mit den Händen und Armen durch die Luft rudert, sagt jeder: »Werteste Frau Baronin«. Hat man kein Geld im Augenblick nicht, aber Credit, sagen sie: »Zu Ihren Diensten, Frau Gräfin. Der Herr Gemahl kommt wohl morgen auf Begleichung.« Auch wenn man keinen Herrn Gemahl hat, braucht man darauf nur zu nicken und sie schütten einem von dem besten Prallinee die größten Düten und Bongjehren voll. Sie bieten auch ganze Engel aus Marienchocolade und Marziehpahn an, mit aufgemalten Gesichtern und Engelshaar an der Stirne, wo der güldene Papierstern klebt. Von Nikoläusen hat man an sich mehr, weil sie fester sind und mehr wiegen als die Engel. Nikoläuse von Moser Roth's sind allerliebst, aber sie haben gar keinen unteren Leib, was sehr schade ist, so daß man eigentlich nicht auf ihr Geschlecht kommen kann. Doch sie haben einen Bart, was ein Zeichen ist. Auf dem Jahrmarkt in Ülzen war aber schon mal die dicke Elvira und sie hat nicht nur soviel wie eine große zweijährige Sau gewogen, sondern auch einen langen Bart gehabt, woran alle für fünf Pfennige haben dran ziepen können, zu sehen, daß er echt und angewachsen war. Leider sind alle Nikoläuse von Chocolade innen hohl. Wenn man sie kauft, muß man also auch viel Luft bezahlen. Es ist wie bei dem Schweizer Käse mit den

* *Cutaway*

großen Löchern, die man auch mit bezahlen muß, obwohl in ihnen gar kein Käse ist. Der Käse und die Nikoläuse zeigen uns, daß alles in den Läden Betrug ist und man richtig für sein schönes Geld angeschmiert wird. Ich denke mir, daß sie das nur mit uns einfachen Menschen machen können, nicht aber zum Beispiel mit unserem Kaiser, der ganz gewiß den Käse ohne Löcher und die Nikoläuse ohne Hohlheit kriegt.

Tannenbaum

Ich fühl' mich wie ein Tannenbaum,
So bin ich aufgeputzt!
Vielleicht sieht trotzdem niemand mich
Und ich bleib' ungenutzt.

Ich fühl' mich wie ein Tannenbaum,
So trocken im Geäst!
Ein winzig kleines Feuer nur,
Das hell mich brennen läßt.

Ich fühl' mich wie ein Tannenbaum,
Ich steck' im Eisenfuß!
Ich weiß, am sieb'ten Januar
Ist's mit dem Jubel Schluß.

Sternentaler

Ich heiße Sternentaler
Und halt' mein Hemdchen fest.
Vielleicht, daß der Sankt Niklas
Hinein was fallen läßt.

Er sieht es ja so gerne,
Heb' ich das Hemdchen hoch.
Ist er auch noch so ferne,
Er sieht es eben doch.

Und kommt er mir dann näher,
Zieh' ich das Hemdchen aus.
Dann leert der alte Späher
Vor mir sein Säcklein aus.

Vieltausend hübsche Sachen,
Die machen soviel Spaß.
Ich sollt' es nochmal machen,
So bittet mich der Klas.

Bis an die Ohrenspitzen
Zieh' ich das Hemdchen rauf.
Sankt Niklas kommt ins Schwitzen
Wie bei dem Dauerlauf.

Was reizt ihn an dem Fetzen
Aus grauem Häkeltwist?
Tut er sich gar ergetzen
An dem, was drunter ist?

Unterm Tannenbaum

Als ich neulich zu dem Balle
In das teure Kleid geschlüpft,
Ziept es garstig an der Schnalle,
Die um meinen Leib geknüpft.

Und ich überlege peinlich,
Woher das Mallöhr wohl stammt,
Als es wieder augenscheinlich
Stichelt aus dem roten Samt.

Rasch steig aus dem Kleid ich wieder,
Untersuche jede Naht,
Auch die Fütterung vom Mieder.
Alles ich vergeblich tat.

Sozusagen nur als Probe,
Ob es nochmals stäche mich,
Schlüpf ich wieder in die Robe.
Sapperlot, der gleiche Stich!

Wieder raus aus meinen Plünnen,
Und die Zeit, sie rinnt und rinnt.
Ganz verbiestert und von Sinnen
Bin ich schon, als sie ich find:

Eine kleine Tannennadel,
Im Gekräusel tief versteckt,
Kriegte nun den schärfsten Tadel,
Weil sie mich so sehr erschreckt.

Während laut und derb ich fluchte,
Daß sie mich so sehr verderbt,

Ich nach einem Anlaß suchte,
Woher ich sie hergeerbt.

Und da fiel mir ein, daß Männe
Weihnachten im Lichtersaal
(Den ich so sonst gar nicht kenne!)
Sich als Don Juan empfahl.

Angesichts der heißen Kerzen
Packte ihn die Liebeswut.
Ach, welch Kosen und welch Scherzen,
Wo man es ja sonst nicht tut!

Unterm Tannenbaum! – Verzeihung!
Wo es nadelt, piekt und sticht,
Kommt man nicht zu der Befreiung,
Von der schon die Bibel spricht.

Und es bleiben in den Spitzen,
Im Gekräusel tief versteckt,
Meistensteils die Nadeln sitzen,
Die man später erst entdeckt.

Aus dem Tagebuch

Sobald es Weihnachten wird, kriegen die Menschen eine große Appetitlichkeit, weil ihnen alles auf den Magen schlägt. Wenn sie in den Läden Fongdangs und die Nikoläuse von Moser Roth's Chocolade sehen, läuft ihnen das Wasser im Maule zusammen, was an sich ein gutes Zeichen ist, denn wenn es nicht läuft, hat man Sodbrennen oder die Miehgräne und man muß Bullrichsalz oder Grüne Tropfen nehmen. In den Läden duftet es jetzt wie im Paradiese und wenn man an der Ladentür geklingelt hat, weil jemand auf Bedienung kommen soll, denkt man, nun ist es der großen Flüchtenengel aus Oberlins Bilderbibel, woselbst in den riechenden Laden tritt, daß er uns Ambrosius und Necktar verkauft. Aber es ist nur Bäcker-Marie mit der gestreiften Schürze und indem sie es wegen Wilhelm Wöhling faustdick hinter den Ohren hat, wird sie nie ein Engel, wenn sie mal ihren Odem ausgehaucht.

In den Läden, wo die feinen Damen anschreiben lassen und Conto von ihren Dienern machen lassen, weil es sich nicht schickt, ordinaires Geld in die Finger zu nehmen, gibt es nicht nur Moppen und Stuten oder Kringeln. Es gibt in sehr mannigfaltigen und teuren Schachteln Prallinees und sogenannte Confecte, indem die Kugeln und Brötchen schönen brillernden Fect aufgestreut haben, welcher aus Zucker ist, aber von gediegener Farbe. Wenn mann in einen Prallinee reinbeißt, muß man es nicht gierig tun und ihn gleich in eins verschlingen. Man muß ihn ganz vorsichtig angnappeln und nur ein winziges Stückchen auf die Zungenspitze nehmen und es dann an den Gaumen schlecken, um es richtig auszuschmecken. Es ist wie beim Weine, welchen man auch nicht in sich hineinschütten soll wie ein Bierkutscher das Bier aus dem Stiebel. Prallinee hat in einem Stück viele verschiedene Geschmäcker. Je mehr Geschmäcker man herausspürt, umso feiner ist er gemacht. Es gibt welche mit Chocolade, Himbeer, Liköhr und Zuckerkruste gleichzeitig. Wenn Liköhr drin ist und man den Prallinee angegnappelt hat, muß man den Kopf in den Nacken legen und den Liköhr schön langsam austrinken, wie die Henne auf dem Hühnerhof, wenn sie einen Schluck Wasser in den Schnabel gekriegt hat und nun in den Himmel blickt, wofern sie ihn runterschluckt, daß sie Gottvater für die schöne Gabe dankt. Wenn ich Prallinee mit Liköhr schloffe, denke ich nicht immer an Gottvater, aber an Carl oder August, welche sie mir geschenkt haben. Carl schenkt mit Liköhr, August meist ohne, was ihm billiger kommt, denn er ist von geiziger Natur. (1905)

An Sankt Nikolaus

Morgen kommt Sankt Nikolaus,
Bringt mir gold'ne Nüsse,
Chocolade, Knusperhaus
Und des Himmels Grüße.

Was er hat in seinem Sack,
Tät' mich int'ressieren.
Er trägt diesen huckepack,
Ohne zu schimpfieren.

Gottes Wunder füllt ihn neu,
Ist er ausgeplündert.
So empfängst Du allzeit treu
Weihnacht unvermindert.

Knecht der Liebe

Vielgeliebter Nikolaus,
Alter Knecht der Liebe!
Holst Du Deine Rute 'raus
Und versetzt mir Hiebe?

Wo ich doch so tugendsam
Und so voll Gebete,
Frömmer noch als Abraham,
Ete und petete!

Ach, Du drohst mir schelmisch nur,
Stellst mich auf die Probe?
Das ist eine böse Tour,
Die ich mir nicht lobe!

Öffne lieber Deinen Sack,
Zeig' mir die Presente!
Ist da nichts nach mein'm Geschmack,
Zahlst Du Alimente!

Der Näscher

Sankt Nikolaus, Du alter Reck',
Klopfst laut an meine Türe,
Dieweil ich mich zu hübschem Zweck
Mit der Korsage schnüre.

Komm', hilf mir mal, Du starker Held,
Greif' zu an beiden Bändern.
Und wenn Dir das Geschäft gefällt,
Darfst Du mich marketendern.

Nicht wahr, ich habe »bon figühr«
Und kann mich sehen lassen.
Doch eines, das verbitt' ich mir,
Mich dauernd anzufassen.

Denn auch für einen Nikolaus
Bin ich nicht leicht zu haben,
Trägt er mir auch hinein ins Haus
Die schönsten seiner Gaben.

Nicht gar so fest, mir fehlt die Luft,
Ich lasse mich nicht quälen!
Sankt Nikolaus, Du alter Schuft,
Ein Küßchen Dir zu stehlen!

Wo hast Du Näscher das gelernt,
Bei Zwergen und bei Elfen? –
Jetzt hast Du Deinen Rock entfernt!
Soll ich Dir weiter helfen?

Mein Gott, was bist du starken Leib's
Und so geübt in Liebe!

Du schaffst der Leidenschaft des Weib's
Die allerkühnsten Triebe.

Mein Freund, jetzt haben wir genug,
Ich muß noch ins Theater.
Die Glocke eben sieben schlug
In meinem Regulater.

Adieu, mein Freund, es war »commod«,
Die wonnigste Bescherung.
Jetzt wird der Knabe auch noch rot
Nach dieser Art Belehrung!

Ich lass' ein ganzes Jahr Dir Ruh',
Dann wird Dir kühn zu Mute.
Nun knöpf' Dir schon die Hosen zu,
Vergiß nicht Sack und Rute!

(1911)

Schiffers Weihnacht

Sechs Tage vor dem Fest des Heiland
Sitzt eine Schiffersfrau und ringt
Auf Finkenwärder, einem Eiland,
Das fast in Flut und Eis versinkt.

Der Wind durchklappert ihre Zimmer,
Die nur aus Lehm und Schilf gefügt.
Das beugt sie nicht. Nein, sehr viel schlimmer
Ist, daß sie nichts aufs Feuer kriegt.

Die Kruken sind des Schmalzes ledig,
Nur für zwei Tage reicht das Brot.
»Oh, Herrgott, sei uns Schiffers gnädig!«
So betet sie. »Sonst geh'n wir tot!«

Die Elbe ist vom Eis verschlossen,
Seit Wochen liegt der Kutter fest.
Ihr Wilhelm ist schon ganz verdrossen
Und nicht mehr mit sich reden läßt.

Sie denkt daran, daß die Bescherung
In diesem Jahr ins Wasser fällt,
Denn allzu groß ist die Verheerung.
Nicht mal für Feu'rung hat man Geld.

So ringt sie nun mit ihren Nöten:
Verzweif'lung ihr am Busen nagt.
Da hört sie eine Stimme flöten:
»Du gute Frau, sei nicht verzagt!

Ich bring' Dir christliche Erleuchtung,
Ich führ' Dich aus dem Jammertal.

Versiegt sei jegliche Befeuchtung
Aus sorgenvoller Tränenqual!«

Ein Engel ist es, der sie leitet,
Ein weihnachtlicher Gabriel.
Wo dieser sie nun hinbegleitet,
Ist auch die Welt nicht froh und hell:

Es ist die Villa von Herrn Mayer,
Der leidensvoll am Ofen döst.
Jüngst mußte er zur Leichenfeier
Von seiner Gattin, die erlöst.

Alleine ließ ihn die Bewußte.
Zwar hat er Actien und Geld.
Doch seit dem traurigen Verluste
Gibt's kaum noch was, das ihm gefällt.

Ihm fehlt die zärtliche Begleitung.
Wer steckt ihm an das Weihnachtslicht?
Er annoncirte schon per Zeitung,
Doch fand die Rechte er noch nicht.

So sitzt er da und ringt und betet:
»Ach Gott, verschaff' mir neue Freud'!«
Und während ihn das Schicksal knetet,
Geht an der Haustür ein Geläut.

Da steht die Schiffersfrau ganz schüchtern.
Sie spricht kein Wort, er weiß Bescheid.
Es spiegelt sich auf den Gesichtern
Ein Anflug von Glückseligkeit.

Er führt sie in die Kemenate,
Wo er ihr in die Locken greift.
Sie denkt an ihre Schifferskate,
Durch welche jetzt der Sturmwind pfeift.

Sie schafft dem armen Witwer Frieden.
Er dankt ihr sehr und gibt ihr Geld.
So ist zum Weihnachtsfest hienieden
Der beiden Wohlfahrt hergestellt.

Herr Mayer fand, was er sich wünschte.
Die Schiffersfrau kauft Proviant.
Und während sie mit Wilhelm pünschte,
Sie ihm, was vor sich ging, gestand.

»Es kam ein Engel, licht und milde,
So rein und voll Verkündigung!«
Sie sagt. Und Wilhelm ist im Bilde:
Es war keine Versündigung..

»Das tatest Du, um mich zu speisen?«
Ruft er und ist zutiefst gerührt.
»Ich will nun Gottes Allmacht preisen,
Die uns so aus der Not geführt!«

In schöner, göttlicher Verehrung
Erfaßten sie des Festes Sinn.
Und Neujahr, zwecks Finanzvermehrung,
Ging sie noch mal zu Mayer hin.

(1912)

Die Ballade von der Weihnachtskraft

Nun ist der Tag des Licht's erschienen,
Wie glänzt die Stube hell und schön!
Und selbst auf den Moireegardinen
Kann man den Weihnachtszauber seh'n.

Erfrischt sind alle Sophakissen,
Der Pitschpiehn ist gesalbt mit Wachs.
Wie hat die Hausfrau büßen müssen!
Nein, Weihnachten, das ist kein Klacks!

Bevor sie mit der Glocke bimmelt,
Damit Bescherung wird vollbracht,
Hat sie den Gatten angehimmelt,
Wie sie's schon viele Jahre macht.

»Nun führ' herein die schönen Knaben!«
Sagt sie zu ihm. »Das Personal
Soll nachher auch ein wenig haben,
Jedoch im Domestikensaal!«

Er hört ihr Wort und ist betroffen.
»Lass' sie doch heut' zu uns herein!
Es gibt doch nur ein Weihnachtshoffen,
Gleich, ob man reich oder gemein!«

»Mein Wilhelm!« ruft sie schier entgeistert.
»Was kommt Dir da in deinen Sinn?
Ich habe alles wohl gemeistert,
Erlaube, daß ich müde bin!

Ich will jetzt keine Domestiken.
Wir bleiben in Familie.

Soll Knecht und Magd ich nun erblicken?«
»Du bist sehr hart, Ottilie!«

Die Knaben wollen nicht mehr warten,
Sie stürzen in den Weihnachtssaal,
Wo ihre Eltern offenbarten,
Wie schön und hoch die Contozahl.

Auf Wilhelms Stirne liegt Verdrießen,
Er möchte mit dem ganzen Haus
Den Weihnachtsabend froh genießen.
Ottilie schimpft ihn darob aus.

»Weißt Du denn nichts von höh'rem Stande?«
Schreit sie beim hellem Kerzenschein.
»Ich finde Deine Art blamande,
Du mußt von nied'rer Herkunft sein!«

Da spricht er ohne Federlesen
In klarem, starkem Männerton:
»Bevor ich Milljonär gewesen,
Da war ich einer Waschfrau Sohn!

Ich habe ziemlich hart gewerket,
Eh' ich zu dem Vermögen kam,
Das meine Positur gestärket,
Mit der ich Dich zur Gattin nahm!«

Ein Schrei ertönt von ihren Lippen,
Die Knaben sind der Ohnmacht nah'.
Sie drohte auf den Stuhl zu kippen,
Weil sie sich so ernied'rigt sah.

»Oh Gott!« ruft sie. »War ich verblendet?
Ich war für einen Fürsten gut!
An wen hab' ich mich da verschwendet
In aufgewühlter Liebesglut?

Ich kehr' zurück zu meinem Vater,
Und auch die Knaben nehm' ich mit!«
Sie macht noch Stunden lang Theater,
Doch Wilhelm denkt bei sich: »Igitt,

Was ist denn das bloß für ein Drachen,
Den ich zu meinem Weib gekürt?«
Der Anblick aller Weihnachtssachen
Hat ihm die Kehle zugeschnürt.

Er fragt nicht mehr nach ihren Worten,
Geht in die Küche, wo am Herd
Die Domestiken Äpfel schmorten,
Wie man sie Weihnachten verzehrt.

»Ach, laßt mich mit Euch Äpfel essen«,
Schluchzt er. »Dann hab' ich endlich Ruh'!
Ich will den Reichtum rasch vergessen.«
Er langt auch wirklich kräftig zu.

Da er gespeist, gibt er fünf Märker
An jeden ohne Unterschied,
Denn seine Weihnachtskraft war stärker
Als die der Gattin, die ihn mied.

Sie raffte noch an jenem Feste,
Was alles sie nur raffen konnt'.

Zurück ließ sie verschied'ne Reste,
Um die es sich zu müh'n nicht lohnt.

Doch Wilhelm tat das Herz nicht brechen,
Ging mit der Magd ins Gotteshaus,
Um mit dem heil'gen Geist zu sprechen.
Ihm schüttete das Herz er aus.

»Du hast Dich mit Vernunft entschieden!«
So spricht zu ihm die höchste Kraft.
»Es ehrt Dich, daß Du nicht gemieden
Zur heil'gen Nacht die Dienerschaft!

Von wahrer Weihnachtskraft durchdrungen,
Hast Du die heil'ge Schrift erfüllt!«
Dann hat er »Stille Nacht« gesungen.
So ward des Frommen Leid gestillt.

Und als der Klingelbeutel schließlich
Vor seinem Leibe machte Halt,
Da hat der Wilhelm unverdrießlich
Dreitausend Mark hineingezahlt.

Der edle Spender hochbeherzt
Schritt heim in seine Wohnung.
Man sieht, daß er schon wieder scherzt.
Und himmlische Entlohnung

Ward Neujahr seinem Leib beschert,
Als ihm die Magd bekannte,
Daß sie schon lange ihn begehrt.
Darauf er flugs entbrannte.

Weihnachtsseife

Bringst Du mir Seife von Lilienmilch,
Knecht Ruprecht aus lauschigem Walde?
Und wenn's keiner sieht, dann wasche ich mir
Den Corpus damit recht balde!

Dann dufte ich milde nach Deinem Parfühm
Vom Scheitel bis zu den Sohlen
Und bin Dir mit festlichem Wohlgeruch
Aufs Herzlichste anbefohlen!

Und kommst Du, Knecht Ruprecht, um Mitternacht
Zu mir auf den wonnigen Priechen,
Dann kannst Du mit Deinem Nasengewerk
Die Wirkung der Seife riechen!

Ja, köstliche Seife von Lilienmilch,
Das ist eine herrliche Gabe!
Erwartung erfüllt mich den ganzen Tag,
Daß ich sie endlich habe.

Tausend, millionen . . .

Tausend, millionen Düfte
Steigen heute durch die Lüfte!
's kommt von herrlichem Gebäck
Aus Sankt Nikolaus' Gepäck,
Das er über Berg und Tal
Schleppt in heißer Weihnachtsqual!

Tausend, millionen Düfte
Steigen heute durch die Lüfte!
Rosenwasser und Jasmin
Sind im Marziehpan darin,
Auch von Veilchen ist genug
In dem lieblichen Geruch!

Tausend, millionen Düfte
Steigen heute durch die Lüfte!
Alle hehren Himmelschöre
Loben seines Backwerks Schwere.
Auf den Lippen süßes Mannah,
Singen sie ihr Hosiannah!

Tausend, millionen Düfte
Steigen heute durch die Lüfte!
Und die wohlbekannten Gase
Reizen selbst Gottvaters Nase.
Mit der ganzen Klerisei
Niest er sich die Seele frei!

Aus dem »Kochbuch für den höheren Magen«

1. Recept: Bremer Schlummerles

Man nehme, weil man hat, acht frische Hühnereier zur Hand und schlage sie am Rand einer scharfen Satte auf, so daß Gelbes und Weißes auf geschickte Weise voneinander getrennt werden können. Das Gelbe versammle man in einem irdenen Krug, welcher auf ein Wasserbad gegeben wird, was ständig bei kochender Hitze gehalten werden muß. Mit einem Quirl schlägt die eilfertige Hausfrau das Gelbe zu Schaum, wobei sie nach und nach ein ganzes Pfund feinen Staubzuckers und zwei Eßlöffel scharfes Pommerancen-Oel hineinrieseln läßt. Derweilen ist das Weiße zu festem Schnee geschlagen und so steif, daß man es mit einem gewöhnlichen Messer schneiden kann. In einer Molle hat die vorsorgliche Hausfrau ein Pfund Mandelscheiben, ein Pfund heller Rosinen, ein halbes Pfund Stärkemehl, ein halbes Pfund geschlagenen Graupen, eine Tasse voll Hafermehl und zwei Loth feingehacktes Citronat vermischt. Diese lebhafte Mischung wird nun mit einem Gläschen Rosenwasser übertroffen, und wer will, kann auch noch ein Gläschen feinen Port darüber spritzen. In der großen Molle gerät nun der Eiersud mit der Mischung zum Besten. Es muß alles sehr kräftig und sehr lange mengeliert werden. Und ist die Masse nicht klebrig genug, gießt man etwas mehr Rosenwasser hinzu, bis der Teig am Holzlöffel kleben bleibt. Sodann gibt man mit politischer Vorsicht den harten Schnee hinzu und läßt noch eine halbe Tasse voll groben Prasselzuckers über dem Gemisch aus, welcher nicht untergerührt werden soll. Inzwischen ist im Herd ein munteres Feuer entfacht und der Backofen so warm, daß man die Hand nicht hineinhalten kann. Das Backblech wird mit Oel abgerieben, und ist dasselbe geschehen, macht man einen löffelgroßen Haufen nach dem anderen von dem klebrigen Teig darauf. In wenigen Minuten färben sich die auslaufenden Häufchen goldgelb. Dieses ist das Zeichen, sie flugs von dem herausgezogenen Blech abzunehmen und zur Verkühlung einen Augenblick ans offene Fenster zu stellen.

2. Recept: Der Lickerkuchen

Man nehme eineinhalb Pfund schön gemengtes Mehl, ein halbes Pfund gute Butter, eine Tasse Milch, Weinstein und Pottasche, achtzehn Eidotter, fünf Eiweiße, das Abgeriebene von vier Citronen, ein halbes Pfund nackte Mandeln, ein halbes Pfund Korinthen, einen Block Kochchocolade. Bevor das Werk beginnt, ist zu achten auf eine schöne gleichmäßige Wärme in Raum und Ofen, daß nicht alles zerfällt, wenn es geht und backt! Nun bereite das Geschirr! Du schaffst Dir eine Mulde oder Kumme, am besten aus Stein. Du setzt sie auf einen Topf, in welchem heißes Wasser dampft. Ist die Kumme selber nun schön warm, verfügst Du die achtzehn Eidotter in dieselbe, wo sie mit dem Zucker zu eitel Schaum verrührt werden, immer in die eine Richtung, denn der Wechsel schafft Aufregung und verdirbt den Sinn der Eidotter! Nach einer Stunde ist alles schaumig genug. Du verfügst nun das fein gesiebte Mehl in eine andere Schale, machst ein handgroßes Loch, wo hinein die Milch und die angebräunte Butter fließen. Weinstein und Pottasche in Quentlein werden über das Loch gestreut. Für zwei Minuten schafft sich das Ganze die Wohltat der Herdwärme, indem die Schale an den Ofen gerückt wird. Ist dieses geschehen, gießt man in das Loch die Korinthen und die nackten, gehackten Mandeln und mengeliert noch nacheinander, aber ohne Eile, den Eierschaum (von Dotters!) und den geschlagenen Schnee mit dem Inhalt der Schale. Man schlägt alles mit der flachen Hand, zehn Minuten. Ist dieses zur Zufriedenheit der Hausfrau gediehen, verfüge man das Ganze in eine mit reichlich Butter ausgestrichene Form und backe bei guter Hitze an die dreißig Minuten stramm. Siehe, welch ein Gelingen! Ist der Kuchen gar, was man mit einem Spicken prüft, belasse man ihn eine Stunde in dem warmen Raum, daß er nicht erschrickt und taub wird. Alsdann löse man die Kochchocolade in einem Napf auf und gieße sie über den Kuchen, bis er allseits zugedeckt ist. Am anderen Tage wird Zuckerstaub und Mandelhack darüber gegeben – und serviert zeigt sich der Lickerkuchen am besten, wenn man heiße Vanille-Sauce dazu gibt.

3. Recept: Orsledders oder Feine Ypsilantis

Der verwöhnte Kenner unterscheidet ordinaire Orsledders von den feinen Ypsilantis, obwohl sie miteinander eng verwandt sind und der Unterschied nur in den gewiegten Zutaten liegt. Für die gemeinen Orsledders nimmt die gewöhnliche Hausfrau Roggenmehl und Syrup. In der feinen Küche jedoch bilden Honig und gebleichtes Mehl die unerläßliche Grundlage. Man nehme, weil man hat, ein Pfund schönen Weizen-Mehls und vermengeliere es mit einer Tasse voll gewalzten Graupens und einer Tasse voll Hafermehls. In einer irdenen Kumme wird auf dem heißen Ofen ein Pfund feinen Bienenhonigs mit einem gehäuften Löffel Rindertalgs aufgelöst. Man gibt das Abgeschabte von zwei Stangen Vanille, eine Prise Rosenpfeffer und vier Loth Prasselzucker hinzu. Das eine mit dem anderen kräftig vermengeliert, gibt eine zähe Masse, welche noch mit einem

Zusatz von Weizen-Mehl versetzt werden kann, ist sie nicht so zähe, daß sie am Löffel hängen bleibt. Nun wird die Ofenzange in heißem Essigwasser gesäubert und getrocknet. Man öffnet den Bullerofen und gibt zwischen die Zange ein Klümpchen von dem Teig, welcher über der offenen Flamme gebacken wird. Man muß sehr klug zu Werke gehen und darauf achten, daß der Teig nicht verbrennt oder zu nahe an das Feuer gerät und ausläuft. Man nimmt die Zange dann heraus und löst den garen Teig mit dem Löffel ab, wonach man ihn rasch in ein Glas mit feinem Rum tunkt. Man ißt gleich und hat die Freude des warmen Genusses. Auf dem Lande sind die Ypsilantis oder Orsledders nur aus Roggenmehl und Syrup. Das zähe Gemisch wird ebenfalls mit der Ofenzange über der Glut gebacken, schmeckt aber nicht so gut wie die feinen Ypsilantis, weil sie nicht den Adel der gediegenen Zutaten in sich haben!

Rote Kerzen

Ihr schönen roten Kerzen
Mit Eurem heißen Docht!
Ihr habt mir alle Schmerzen
In Eurem Talg verkocht!

Es war in mir so trübe,
Nichts leuchtete mir heim.
Jetzt fühl' ich wieder Liebe
Und Lust auf einen Reim.

Ich will Euch rasch bedichten,
Euch dicken roten vier
Mit herrlichen Geschichten
Auf ff. Schreibpapier!

Ach, leuchtet noch ein bißchen
Bei diesem Dichterschmaus!
Mit einem Blaseküßchen
Lösch' ich Euch nachher aus!

Der alte Adam

Nun scheint der helle Weihnachtsstern
Herein zu mir ins Zimmer.
Und da die Liebe mir so fern,
Macht er nur alles schlimmer.

Ich will Dich gar nicht seh'n, Du Licht!
Los, tauche endlich unter!
Sonst wird in mir ein arger Wicht,
Der Alte Adam, munter.

Der gießt Dir in die Silberglut
Zehn Eimer kaltes Wasser!
Sollst Du mal seh'n, dann wird die Flut
Des Leuchtens ziemlich blasser.

Und hilft das alles nichts, Patron,
Dann hol' ich mir ein Beilchen
Und hacke Dich bei Stundenlohn
In lauter kleine Teilchen!

Weihnachtsnacht

Ich sinke in die Weihnachtsnacht,
Will wie im Himmel schlafen.
Mein Herrgott schiebt bei mir die Wacht
Und allen seinen Schafen.

Ich kleines Lämmlein voll Geduld,
Ich will, daß Du mich weidest
Und mich in Deiner großen Huld
Recht tugendsam entkleidest.

Schick' mir den allerschönsten Traum
Aus Deinem Paradiese,
Daß ich Dich am Erkenntnisbaum
Als Adam mir erkiese.

Oh . . .!

Oh, Du Stern der klaren Nächte,
Über Zion hoch gebaut!
Oh, Du Quellkraft aller Mächte,
Die im Glauben angestaut!

Oh, Du Leuchte des Gewissens,
Rätsel, das sich niemals löst!
Oh, Du Triebkraft allen Müssens,
Das uns Jesus eingeflößt!

Oh, Du Feuer uns'rer Herzen,
Dessen Gluten nie vergeh'n!
Oh, Du Lebenssaft für Schmerzen,
Die in keinem Buche steh'n!

Oh, Du Brand, der Welten zündet,
Vor dem alle Sünden flieh'n!
Oh, Du Machtwort, das verkündet,
Zwischen Neujork und Berlin!

Oh, Du Atem der Geschichte,
Den man noch im Jenseits riecht!
Oh, Du Flamme der Gedichte,
Die aus meinem Busen kriecht!

Die Preziosen

Ich nehme mit ins Kuschelbett,
Was Du mir heute schenktest
Und worauf Du so lieb und nett
Gleich meine Augen lenktest,

Als ich ins Weihnachtszimmer trat
Und mich der Baum umglänzte,
Den Mutter in der alten Art
Mit Feenhaar umkränzte.

Ach, Emil, ist das eine Lust!
Ich möchte Dich d'rum kosen!
Nun drück' ich sie an meine Brust,
Die edlen Preziosen.

Dort liegen sie auf Sammetgrund,
Verspüren wohl das Beben,
Wenn sich in dieser Abendstund'
Die Liebesberge heben.

Mein goldlockigter, adventlicher Karl!

Hamburg, den 2ten Dezember 1905

Schon wieder ist das schöne, weiße Weihnachtsroß entsprungen, wie es in dem alten Lied heißt, und daraus kannst Du Dir den Vers machen, daß Weihnachten vor der Türe steht und dieselbe bald aufgestoßen wird von all der Pracht und Herrlichkeit. Ich stoße auch immerzu auf, aber es kommt vom Magen und wir geben Natron drauf. Ich hoffe, daß Du schön artig und fleißig warst und nicht soviel nach fremden Mädchen gesehen hast, welche es an sich haben, fleischlich zu locken. Warst Du nicht artig, sollst Du keine Bescherung mit mir erleben und die Rute auf Peau-Peau spüren, aber doll, damit es auch schmerzt und Du nicht denkst, es war nur so ein gewisses Streicheln. Bedenke, oh Karl, es hält das Schicksal auch eine Rute bereit, die uns halb kaputtschlägt. Das ist die Rute des lieben Gottes, wenn er die heilige Wut hat, daß wir ungehorsam gewesen sind. Wir sind ja allzumal Sünder, aber in der Adventszeit soll man es weniger tun, weil in diesen weißen Tagen der Reinheit jede Sünde doppelt zählt. Auch bei Dir zählt alles doppelt und steht jeder Fehltritt im Kontobuch des lieben Gottes auf der Seite »Karl«, wo Deine Schandtaten mit roter Tinte eingetragen sind. Hier ist der Advent so schlimm, daß man's nicht glaubt. Es ist eine große Verschwendung an Kerzen, Leonischen* und bunten Kugeln, wie im Paradies. Der Herr S. sagt, es muß so sein, daß man in die rechte Stimmung kommt. Wenn die Stimmung bei ihm gar nicht will, säuft er sich ganz doll

* *leonische Golddrähte*

einen an, daß er nicht mehr weiß, ob er Kaiser Wilhelm oder Napoleon heißt. Es ist schlimm mit dem Saufen bei ihm, aber er sagt, daß es die Weihnachtssehnsucht in ihm macht, die immer bei ihm aufsteigt, wenn es Advent wird. Ich glaube nicht, daß es die Weihnachtssehnsucht ist, sondern die Liebe. Wenn es ganz hochkommt, sitzt er vor meiner Kammertür und jammert wie eine Katze, die mit dem Schwanz in der Mausefalle sitzt. Es ist schon was mit der männlichen Natur! Ich bin froh, daß Du nicht so jammerst und keinen Schwanz nicht in der Mausefalle hast wie eine Katze. Wenn Du willst, kannst Du mir zu Weihnachten auch einen kleinen Pelz um den Hals schenken, indem mein Genick immer so steif ist bei der Kälte. Advent ist schön, aber die Kälte nicht. Es wäre besser, der liebe Gott hätte Weihnachten im Sommer gemacht; aber es ging nicht. Maria ihre Zeit war um, und wenn die Kinder kommen, dann kommen sie, und wenn es selbst am Heiligen Abend ist. Auch Bültemeyers Hennerjette ist den Heiligen Abend geboren. Aber sie ist kein Christus geworden. Das ist der Unterschied. Es wäre auch ein fürchterliches Durcheinander, wenn alle, die am Heiligen Abend geboren werden, Christusse würden. Einer genügt uns und wir leuchten ihm heim mit vielen Kerzen und Lametta, was bei Kaufhaus Bergmann besonders schön ist. Du müßtest es mal sehen und das ganz große Staunen liefe Dir den Rücken herunter. Dieses teilt Dir mit Dein Dich liebendes Julchen, jetzt ganz auf Weihnachten und Vorbereitung. Potz skriptus: Ich freue mich schon sehr auf die Bescherung daheim mit Dir, daß ich Dir ein Licht anstecken kann und Du mir zeigst, welche Kugeln Du am liebsten magst am Baume der Erkenntnis.

Mein liebster Willy!

Blankenese, den 12ten December 1912

Was Du mir neulich von Fritze Eberten geschrieben hast, finde ich zu traurig! Daß er keinen Tannenbaum und keine Kerzen nicht haben will, was soll das? Und auch in die Kirche geht er nicht, Gottes Wort zu hören und sich dran zu erlaben. Ich weiß genau, woher das kommt: Das ist das verflixte Socialdemokratische, was Euch beiden gepackt hat! Und wenn Du es auch so machst wie Dein Fritze, brauchst Du gar nicht erst zu kommen, denn wegen Deiner werden wir den Baum nicht lassen und die schönen Kerzen nicht melden. Ihr seid richtige Schlingels, daß Ihr so was ausheckt! – Hier geht es so landläufig und ist nichts besonders Wichtiges, so daß ich viel Zeit habe und über mich und meinen Hermann nachdenken kann. Ich hätte keine Sorgen, aber jetzt machst Du mir welche. Du mußt bedenken: Wir sitzen hier ein paar Jahre auf Gottes schöner Erde, die allerdings, wie ich sagen muß, in Sankt Pauli nicht so schön ist wie beim Jungfernstieg, und dann kommt der Katzenjammer und Du schleichst am Grabe, weil Du krank und gebrechlich und auf den Tod marode bist. Nein! So lange man lebt und sich der Busen in klarster Freude sich bis in die Wolken hebt, sollen die anderen merken, daß Du an sie denkst und sie mit Liebe bekleckerst. Weihnachten ist das Fest der Liebe, und unterm Tannenbaum, da kann man so recht die Liebe ausschütten und die Bimmelglöckchen vernehmen, die uns mit silbernem Klange bis ganz tief ins Herze bimmeln. Wahrlich, wer diese Glöckchen nicht vernimmt, der muß ein böser Mensch sein, einer von den Katholiken oder den Socialdemokraten, die Christus meiden und Herrn Bebel anbeten und den sehr hochstehenden Papst haben, wie Herr Senator sagt, der der Liebknecht unter den Katholiken ist. Wer die Ohren wie Martin Luther hat, so schön weit auf und zu allen bereit, der vernimmt das wahre Bimmeln in seinem Stübchen. Manchmal ist es so sehr schön und himmlisch, daß es in den Ohren juckt und man denkt, es steht der Weihnachtsmann hinter einem und trillert mit seinem kleinen Finger in der Muschel herum. Nun habe ich genug gesagt und Du kannst Dir aus allem einen rechten Vers machen. Dein Julchen.

Mein liebstes Brüderlein Willymäuschen!

Wenn ich auch ziemlich eingeknetet bin in den Weihnachtsteig, der hier seit Wochen angerührt wird, so finde ich doch noch einen klitzekleinen Augenblick, Dir zu schreiben. Es ist hier manchmal gar nicht auszuhalten…, wegen der Vornehmlichkeit, in die alle machen, die hier beim Reeder Nüsse knacken und über das Christfest an sich reden. Man nennt das Konversation, aber es ist in Wirklichkeit nichts als dumme Schnabbelei. Nichts dahinter! Ich habe es dem Herrn Schiffsreeder auch wirklich gesagt und er hat geantwortet, daß er nichts machen kann und muß alles über sich ergehen lassen wie ein Pudel, der begossen wird. Gestern hatten wir den Grafen Hülsen bei uns und sie haben meine candirten Weihnachtstränen in einem Rutsch alle weggefressen, daß wir neue machen müssen. Sie haben auch alle ein lateinisches Lied gesungen, was ich nicht verstehen konnte, aber es hatte einen schönen Klang und Frau Schiffsreeder die Begleitung. Es ist eben hier so in Hamburg, daß manche so vornehm und gediegen tun, daß sie nicht mehr deutsch singen, sondern auf das Lateinische gehen wie die Akademicker. Daran kannst Du nichts ändern, denn sie haben alle einen überdrehten Düsel und halten sich für was ganz Besseres, was sie aber in Wirklichkeit gar nicht sind, denn die Frau Schiffsreeder hat ein schlimmes Laster, indem sie in den Läden Topfschrubber und Haarnadeln klaut und schon mehrmals von dem Schandarm aufgelauert worden ist. Sollen sie nur machen! Ich will meinen Frieden. Wo der Friede hinkommt, ist auch die Liebe. Es gibt nichts auf der Welt, das nicht mit Frieden bestrichen und von der

Liebe erfüllt sein könnte. Das ist sehr schön und gibt uns den Mut zum Leben. Weihnachten kocht die Liebe über, daß es in unserem Herzen zischt und braust. Und wenn es dann draußen in der Welt noch schön weiß ist und die Sterne um den lieben Mond herum leuchten, dann weiß ich nicht mehr, was ich vor Freude tun soll. Dann dichtet und dichtet es immerzu in mir, daß mir die Worte nur so aus dem Herzen plumpsen! Keiner kann mit mir fühlen, alle sind sie so weihnachtsunlustig. Ich aber bin es nicht und keiner kann mir die Freude nehmen. Diese Hamburger Trauerböcke!

Welfen-Schnee

Auf des Welfen Schlosses Zinnen
Prunkt wie feiner Pelz von Fee
Über Simsen, Schloten, Rinnen
Herrlichster Dezember-Schnee.

Jeder sieht den Winterschleier,
Der die Lande überzieht.
Eine weiße Weihnachtsfeier
Auf hannöverschem Gebiet!

Nur der Herrscher dieses Staates
Sieht den ganzen Zauber nicht.
Eine Uhrspirale tat es,
Raubte ihm das Augenlicht.

König Georg fragt Marie,
Seine Gattin, Majestät,
Welches Wetter in der Frühe
Über seiner Hauptstadt weht.

»Mein Gemahl«, sagt sie mit Trauer,
»Heute Nacht hat es geschneit.
Doch wer weiß, ob schon von Dauer
Dieses erste Winterkleid.«

»Weißer Schnee!« Der König bittet
Sechse lang vor seinem Schloß,
Und schon bald darauf er schlittet
Mit der Gattin und dem Troß.

Durch den Park von Herrenhausen
Geht die Reise im Galopp,

Wenn die Flockenstürme sausen,
Freut der König sich darob.

Plötzlich läßt der Herrscher halten
Und zur Königin er spricht:
»Eh' die Füße uns erkalten,
Fahren wir nach Hause nicht.

Dieser Schnee ist Gottes Segen,
Er allein hat ihn gebeut
Und mit Gnade allerwegen
Übers ganze Land gestreut.«

Während dieses er verkündet,
Nimmt vom Kopfe er den Hut,
Und mit Worten er begründet,
Was als Nächstes er jetzt tut.

Vor des Sommerschlosses Platze
Kniet er nieder im Gebet.
Auf die allerhöchste Glatze
Manches weiße Flöckchen weht.

»Lieber Gott, ich kann nicht schauen,
Was auf meinem Haupte taut,
Doch ich fühle, im Vertrauen,
Wie es dringt durch meine Haut.

Damit taufst Du mich aufs Neue
Und besiegelst Deinen Bund.«
Jeder schwört dem Welfen Treue
Zu der wundersamen Stund'.

Voller Tränen sieht Marie
Auf den Akt im freien Feld,
Und sie hat ein wenig Mühe,
Daß sie Contenance hält.

»Heil'ger Georg!« stöhnt sie weinend,
Ihr im Halse sitzt ein Kloß.
Auf dem Schlitten sich vereinend,
Fährt man glücklich heim ins Schloß.

(1907)

Der Schnee der Liebe. Eine Erzählung

Es ist eine Zeit im Jahre, da denkst Du, daß es endlich schneien muß. Das Winterwetter sitzt schon in der großen Zehe, aber es will nicht heraus, und der ganze Himmel ist leer wie eine ausgemolkene Zitze. Dann bist Du, Mensch, geplagt und hast das Ziepen und Muckern überall und schimpfierest auf den lieben Gott, daß der Schnee nicht kommt und die Maladigkeit aus Deinem Corpus nicht dahingehet.

Wie kömmt's? Es ist November, Bußtag dahin und der Totensonntag klopft an die Tür... und noch kein Schnee und Eis! Schon schneidest Du die Zweiglein für den heiligen Advent, welcher dem Sankt Nikolaus voranleuchtet, schmückst die Stube mit Brillant und Lametta. Kein Schnee und kein Eis!

Auch der wohlhabende Herr Commerzienrath Drögemüller fragt sein schmuckes Töchterlein, Ilse genannt, achtzehn Lenze jung und auf den Herrn Gardelieutenant von Krummholz aus, welcher von stattlicher Figura ist und alles besitzt, was ein junges Mädchenherz in den Hals schlagen läßt. Er fragt sie: »Wo bleibt denn der herzliebe Schnee, Ilsemaus? Ist was mit der lieben, gütigen Frau Holle? Hat sie die Influenza oder den Rotlauf, daß sie selbenst das Bett muß hüten und kann's nicht schütteln und schütteln, auf daß die Mutter Erde mit dem freundlichen weißen Tuch werde eingehüllt?«

»Auch ich warte seit Tagen«, antwortet Fräulein Ilse. Warum aber wartet sie? Wir können es rasch erraten! Die Schlittenpartie mit Lieutenant von Krummholz ist's, die sie so auf Wartung bringt. Er hat ihr dieselbe heimlich versprochen. Oh, welch eine Partie! Es schneit und schneit und der Schlitten schlittet dahin durch den dunklen Tann, wo die Wichtel und die Zwerge arbeiten und die Schnee-Elfen im Gehege jauchzen zur Ehre des Herrn Zebaoth, welcher Himmel und Erde, den Sommer und den Winter, Schnee und Eis, die Liebe und den Tod gemacht hat! Und der hübsche alte Schlitten, von einem Grauschimmel, welcher auf den Namen Moritz getauft ist, gezogen, hat nur eine Zudecke. Unter derselben läßt es sich kuscheln und muscheln, Bein an Bein, Herz an Herz, Fuß an Fuß und Kopf an Kopf. Seine edle Hand wird die ihrige suchen und sie drücken. Sie drückt retour, daß bei all dem Gedrücke der ganze hübsche Schnee vergessen wird, der in den jungen Menschenherzen zusammenschmilzt zu einem einzigen Liebesklumpen.

Der Schnee kam aber nicht. Es war eine allgemeine Bedauerung bei Commerzienraths und auch im ganzen Lande, sogar bei Kaisers in Berlin und bei Herzogs in Braunschweig. Keine Schneefreuden, da ist der Winter trübe und naß und der Ostwind fegt gemein über die Dächer, daß selbst die braunen Ziegeln das Beben kriegen und sich an die Balken klammern, welche den Ächz und den Knarr haben und auch in der finsteren Nacht keine Ruhe geben, daß man sich schrecklich fürchten muß in seinem Bette und an die Geister der Toten und Helljäger denkt, der nun bald, zwischen Weihnachten und Dreikönig, über die Felder und Berge, Seen und Wiesen jagt.

Herr Commerzienrath sagt: »Es sind keine guten Kräfte, die wo im Gebälke nagen!« Fräulein Ilse schleicht zu ihm, naßgeschwitzt und voll jungfräulicher Ängstlichkeit. Sie darf jetzt an seiner väterlichen Seite ruhen, und sie denkt: »Wie gut, daß ich wenigstens Papachen habe, wo von Krummholz in der harten Kaserne auf Pritsche schlummern muß und nicht Pfühl und Plümoh hat, worauf sich's so schön wohlig sein läßt!« Nun ist's Zeit, daß wir unsere Augen von des Herrn Commerzienraths heimeliger Schlafstube hinwegheben. Wir fliegen über die Wolken dahin und kommen endlich an das wunderbare Schloß, in dem seit vielen, vielen tausend Jahren die gute, wohlbekannte Frau Holle wohnt, welche nicht älter wird und von Geschlecht zu Geschlecht als Zierde aller Frauen gilt. Ihr fragt: Welche Frau Holle? Es gibt ja nur die eine, Ihr Unwissenden. Es ist jene, von welcher Euch schon durch des Herrn Commerzienraths vollem Munde Kunde ward, indem er ihre werte Person in die Überlegung einbrachte, ob sie Influenza oder den Rotlauf, den infamten, haben könnte!

Von solchen Kümmernissen weiß Frau Holle kein Lied zu singen. Aber warum ist sie so vergeßlich? Was hindert sie an ihrer Pflicht? Ei, ei, da müssen wir rasch hinter ihre Gardinen und Stores sehen! Wir schieben sie beiseite und sehen mit unseren neugierigen Augen in ihre riesige Schlafstube hinein, die mit güldenen Himmelstapeten ausstaffiert ist und blaue Meubles hat, geschaffen für die Ewigkeit. Sie hat den Flachs gleich neben dem Bette, damit sie spinnen kann an unseren Geschicken, wenn sie keinen Schlummer findet.

Hat sich das Auge satt gesehen an den paradiesischen Gefilden, erschrecken wir fürchterlich, denn es ist ein grimmer Schnarch, von dem wir ermuntert werden. Ein dumpfer, tiefer, lauter Schnarch, der uns durch Mark und Bein dringt und die Wände erzittern läßt. Wir sind bleich in unserem Antlitz und müssen denken: »Oh Gott, wie klingt dieses peinlich und abscheulich! Hat sich ein Holzfäller in diesen Salon verirrt?«

Aber dann, wenn der erste Schreck vorbei, dann sehen wir nochmals dahin, wo es so sägt, und da fallen uns die hemmenden Schuppen von den Augen: Es ist der Junker Nikolaus, der an ihrer grünen Seite schlummert: Eijeijei!

Es ist nicht der alte, der der ist wohl nun schon ein Pensionöhr. Es ist vielmehr der junge, welchen der emsige Herr Zebaoth erst vor ein paar Wochen in sein Himmelscomptoir genommen hat. Ein sehr schöner, sehr junger Sankt Nikolaus, von festem Fleische, hart im Glauben und mit deutschem Blick, durch welchen Frau Holle alsbaldigst in Betörung geriet, daß sie nun neben ihm schläft und das Schneemachen ganz und gar vergißt und auf die himmlische Kosung harret, die ihr zuteil, wenn er aus dem starken Schlummer ausbricht und mal auf die andere Seite will.

Nun haben wir die Gardinen und Stores aufgezogen, und es ist durch unsere Unachtsamkeit ein Schwung von Licht in das große, herrliche Goldzimmer gefallen, daß Frau Holle erschrickt und aufspringt und die Bescherung sieht, die sie gemacht hat, daß überall in den Landen kein Schnee ist, nicht einmal bei Kaisers zu Berlin und bei Herzogs zu Braunschweig, und die Menschen schier verzweifeln!

Sie zieht Sankt Nikolaus das Kopfkissen unter weg und eilt geläufig ans Fenster, das sie nur einen winzigen Spalt öffnet, indem daß er sich nicht verkühlen soll. Aber es braucht frische Luft, denn der Schlaf ist ein lüderlicher Bruder der Verpestung. Nun schüttelt sie das mächtige Kopfkissen aus. Und was meint Ihr wohl, Ihr Naseweisen? Der erste Schnee des Jahres fällt zu Tale und jüstament auch auf unser Städtchen, in welchem der Herr Commerzienrath Drögemüller mit seinem Töchterlein Ilse wohnt und der Herr Gardelieutenant von Krummholz in Kaserne auf harter Pritsche ruht. Wie freut sich unser lieber Kaiser, da er den schönen deutschen Schnee sieht! Auch unser Herzog und die Frau Herzogin rufen »Schnee! Schnee! Schnee!« Und sie herzen einander und sind froh, daß ihr Volk die große Wohltat des Winters genießen kann. Frau Holle schüttelt immer kräftiger, daß ihr schon die Arme wehe tun, und es fällt und fällt und rieselt und rieselt, und der ganze Harz sieht schon aus, als wäre er aus eitel Puderzucker. »Und morgen«, denkt sie mit sinnigem Lächeln um den hübschen, stolzen Mund, »wenn der liebe Faulpelz frühstückt und Lönsch nimmt, dann ergreife ich Ober- und Unterbett und schüttele sie so lange, bis die ganze Erde weiß ist von Berlin bis Braunschweig und von Bremen bis München und man keinen Dreck, keine Socialdemokraten, keinen Kehrricht und keine armen Gräber mehr sehen kann.«

Aber es war doch ein winziger Luftzug, welcher durch das geöffnete Fenster hineingeschlichen und die Nase von Sankt Nikolaus hatte gekitzelt, daß er laut Juchhei machen mußte, den ganzen tiefen Schlaf vernieste und im Bette hochkam. »Wo, Teufel, ist denn mein Kopfkissen?« schimpfierte er. »Ach, Du, liebe Holle, hast es! Warum schüttelst Du es mitten in der finsteren Nacht auf und hältst es aus dem Fenster in die Kälte der Luft? Bringe es sofort her, sonst komme ich, und dann sollst Du mal sehen!« Sie brachte es eilends, denn sie wollte nicht, daß er ungnädig wurde, was viele Männer sind, wenn man ihnen das Kopfkissen wegnimmt und sie aufgeweckt werden, woselbst sie noch gern dem Schlafe gefrönt hätten. Er war ein heißes Blut, ihr Nikolaus, was sie schon aus vielen, vielen Nächten wußte, indem sie seine himmlische Männlichkeit erspäht, die sie jetzt auch wieder in Gedanken beschlich, als sie ihn so sah, wie er das Oberbett von sich weg hatte und sein Pühjammer war ganz verrutscht.

»Hier hast Du es wieder, mein Beutler!« sagte sie sanft. »Es war zu zerrümpelt, da habe ich's ein wenig glatt gemacht. Auf Glättung, weißt Du, schläft sich's besser, mein Mausekaterchen, denn schon das alte, alte Sprichwort sagt: Die Falte des Bettes ist auch die Falte der Sorgen!« Sankt Nikolaus lachte und nahm sie derb in seine kräftigen Arme, daß ihr bald Hören und Sehen

vergingen, die Rippen knacksten, aber es war zu schön, und da sagte sie lieber nichts. »Ach, Du lieber, guter Nikolaus!« jubilierte Frau Holle. »Was bist Du doch für ein Schlingel! Nimmer will ich mich aus Deinen starken Armen lassen. So fessele mich denn auf ewige Zeiten!«

»Dieses geht nicht an, meine schöne Holle«, sagte darauf der junge Nikolaus. »Bedenke doch, meine Gute, daß in wenigen, abzählbaren Wochen das heilige Christfest über die Welt hereinbricht und mit seiner göttlichen Gnade und den vielen Geschenken die Menschen heimsuchen wird: die armen und die reichen, den Papst wie den Herzog. Da muß ich auf der Hut sein und meines hohen Amtes walten, welches mir von Gott, dem Herrn, und seiner Kirche auferlegt ist. Und dieses Mal bin ich der Weihnachtsmann, seitdem der Alte ist auf Pension im Gefilde der Seligen, wo er bei Himmelsmannah lebt und in der Huld der Erzengel seine hohen Tage verbringt. Man gönne ihm die Ruh', er hat sich so viele Hunderte von Jahren geplagt. Nun bin ich dran und will das heilige Geschäft ihm gleichmachen. Der neue Nikolaus gleiche dem alten wie ein Ei dem anderen!«

Das mit den Eiern verstand Frau Holle wohl, aber dennoch hätte sie ihn gern etwas länger bei sich zum Schlummern gehabt, denn es ist auch für die Himmlischen eine Wohltat, wenn sie in Liebe von einem starken Manne heimgesucht werden. »Am 27. Dezember 1907 bin ich wieder da, mein Holleliebchen, und dann wollen wir nachholen, was wir bis dahin heiligen Pflichten zum Opfer geben. Du schüttelst derweil die Betten und die Laken, ich habe hingegen den fleißigen Kümmer um die Geschenke für alle Artigen. Das ist das Los der Welt und des Himmels! Arbeit, mein Kind, machte den wahren

Mann zum Glücklichen und Sankt Nikolaus zu einem Heiligen!« Er gab ihr einen dicken Schmusekuß und ging an den Himmelshandstein, sich den Schlaf aus den Augen zu waschen und alles schön in Seife zu stecken, was nach langem Lager geseift sein will. Schöne Lilienmilchseife, die weithin duftete und Frau Holle ganz meschugge machte.

»Ach, wie sauber bist Du doch, mein Süßer!« sagte sie überglücklich. »Reinlichkeit ist das Aroma der Gesundheit. Und was Du alles wäschst! Ich dachte nicht, daß solches von Notwendigkeit. Nun hast Du mich sehr gelehrt und ich danke Dir hochachtungsvoll, mein Frischer. Flugs in die warmen Unterhosen, daß nichts, auch nichts verkühlet werde. Adjöh, mein guter, starker Weihnachtsmann! Fülle Deinen Sack und mache viele glücklich, die auf Dich warten!« Er eilte hinfort. Ein junger Gott, ein Springinsfeld, an dem ein redliches Weib eine wahre Freude genießen konnte.

Und während er so eilte, war's auf der Erde Morgen worden und ein anderer eilte auch. 's war der Herr Gardelieutenant von Krummholz, welcher heute von seinem harten Dienste suspensiert. »Ich werde mit Ilsemusch Schlitten fahren!« jauchzte es in seinem Soldatenherzen. »Ach, dieser liebe, liebe Schnee. Er bringt uns ein ganzes Stück näher!« Es war aber ein ganz schönes Stück, welches sie näherbrachte, als sie unter der Zudekke im Schlitten saßen und in den winterlichen Wald fuhren, wo die Rehlein und Hirsche ihren Pfad säumten und die holden Elfen mit silbernen Tannenzweiglein und güldenen Glöckchen ihr ewiges Glück einbimmelten. Ihre Hände fanden sich, ihre Knie schrapten aneinander, ihre Herzen klopften den gleichen, schnellen Takt.

Als es eine Strecke geraden Wegs war, ließ er die Grauschimmel locker und nahm sie in die Arme. »Sei mein!« keuchte er. »Ja!« schluchzte Ilsemusch vor Glück. »Du kannst mich nehmen, wenn Du willst!«

»Und ob!« lachte der Gardelieutenant. In diesem herrlichen Augenblicke lugte die Morgensonne hervor. Auf ihren Strahlen schickte Frau Holle ihren lieblichen Blick zur Erde entlang. Sie freute sich über das junge Paar, und sie dachte daran, daß Weihnachten bald vorüber, und an Sankt Nikolaus... Sie schüttelte und schüttelte, und es schneite und schneite, wie noch nie! Es war ein großer Schnee der Liebe, der vom Himmelszelt hernieder flockte und das Paar auf der Erde vermummte, daß es aussah, als hätte es der Konditor mit purem Staubzukker überhäuft.

Das Vög'lein

Joseph kam von der Arbeit nach Haus,
Das Tag'werk war vollendet.
So müde und durstig sah er aus,
Ihn hatte die Arbeit geschändet.

Er wankte taumelnd zum Wasserstein,
Die Glieder zu erfrischen.
Maria brachte das Essen herein
Und begann es aufzutischen.

Braten und Bier hatte sie bereit,
Dazu auch Kohlgemüse.
Wie froh war er, daß er sie gefreit,
Denn keine war fleißig wie diese.

Bevor noch das erste Gläschen leer,
Koste er ihre Lippen.
Darauf begann er mit starkem Begehr
Das Fleisch in die Sauce zu stippen.

»Wunderbar hat mir das Mahl geschmeckt!«
Grunzte Joseph voll Sätte.
»Jetzt hätte ich gern mich ausgestreckt
Mit Dir auf der Lagerstätte!«

Beide lagen traulich im Bett,
Da traf Joseph die Liebe.
»Herziges Täubchen, sei doch so nett,
Befriedige mir meine Triebe!«

Kosend nahm er sein Weib in den Arm,
Begann mit ihr zu schmusen.

»Ach, lieber Joseph, daß Gott erbarm,
Mich drückt ein Geheimnis im Busen.

Nachmittags kam plötzlich zu mir herein
Ein Täubchen angeflogen.
Ehe ich dachte, was soll das sein,
Da hatte es mich ausgezogen.

Es piepste: Ich bin der heil'ge Geist,
Ich soll Dich jetzt beschatten.
Drauf fragte ich: Ob Du das nicht weißt,
Ich hab' doch schon einen Gatten!

Leider gab jenes Vög'lein nicht nach,
Es drängte mich hernieder.
Da wurde ich ganz zitt'rig und schwach
Und hielt mich ganz fest am Gefieder.

Nachdem das Vög'lein zum Fenster hinweg,
War ich noch lang' beklommen.
Ich werde doch nicht, welch' arger Schreck,
Von dem Vög'lein ein Kind bekommen?«

Joseph hört sich die Wundermär an:
»Du bist verwirrt, ich glaube.
Dazu braucht man einen echten Mann
Und nicht eine heilige Taube!«

Ehefreuden ganz seltener Art
Hat er in ihr entzündet
Und ihr mit Leidenschaft offenbart,
Wie man das Paradies findet.

Alles das hat sie von Herzen erfrischt,
Sie tat sich oft ihm schenken.
Doch hat sie sich auch dabei erwischt,
An jenes Vög'lein zu denken:

»War das nun wirklich der heil'ge Geist
Oder ein Traum am Tage?
Nach neun Monden sich wirklich erweist,
Was unter dem Herzen ich trage!«

(1912)

Im Liebesbann

Maria nickt dem Joseph zu,
Denn sieh', ihr Knäblein lächelt,
Dieweil in seiner Krippenruh'
Ein Eng'lein es befächelt.

Und Joseph schaut und ist vergnügt,
Sein Herz, das atmet schneller.
Und während er das Knäblein wiegt,
Wird's draußen immer heller.

Maria drückt im Liebesbann
Sich an ihm bei der Nacht.
»Du hast«, sagt sie, »mein lieber Mann,
Ihn wirklich gut gemacht!«

Der Wunsch

Oh, wie selig blickt Maria
Auf den Knaben wundermild
Und sie denkt: »Das kleine Wesen
Ist des Vaters Ebenbild!«

Joseph sieht ihr mildes Lächeln
Und er freut sich für und für.
»Liebe Frau«, fragt er zufrieden,
»Was geht g'rade vor in Dir?«

Sanft errötet d'rob die Mutter.
Sie sagt voller Pietät,
Daß sie gern im nächsten Jahre
Einen zweiten Christus hätt'!

Liebstes Schwesterlein Emmakindchen!

Hannover, den 27ten Dezember 1906

Die Bescherung mit Euch Lieben und Grummuttée war wie die Hochzeit zu Kanaan. Aber Ihr habt immer nur den guten Wein gegeben, wovon Karl und Willy leider zuviel geschloffen, indem sie den Kuckuck schon vor der heiligen Nacht gehört haben. Die Kopfwurst sollst Du mir wieder machen, wenn ich zu Ostern komme, denn sie war zu schön und es ist schade, daß man sie nicht auf Reisen mitnehmen kann. Es ist doch eine wahre Freude, daß uns Oberdieck so christlich im Gemüt die Predigten herabgedonnert hat. Viele werden nun die Weihnachtsreue gehabt und sich wieder vertragen und schön fett für die Hermannsburger Mission gespendet haben! Er ist ein zweiter Louis Harms und legt uns sicherlich noch herrliche goldene Äpfel seines Glaubens in silberne Schalen. Weihnachten wird man immer so gläubig, daß man sich schon verfiert* und denkt, es kommt über einen wie eine Krankheit. Aber es ist nur die höhere Macht Gottes, woselbst uns in alle Glieder schießt und die man schon in den Zweigen des Tannenbaums hängen sieht, wenn an den schönen breiten Schleifen »Ehre sei Gott« und »Frieden auf Erden« prangt. Wir haben hier jetzt einen Herrn von Espenschiet zu Besuch, welcher an und für sich ganz in Schuß ist, aber aus Thüringen stammt, wo sie das grobe Mett machen, und sehr katholisch ist! Er hat uns bei Tische erzählt, wie der heilige Geist auf die Jungfrau Maria niedergekommen ist, daß sie ein Kind davon kriegen sollte. Ich kann das einfach nicht glauben

* *erschrickt*

und werde Oberdieck noch mal genau befragen. Unser junger Herr hat dazu gesagt, er weiß, daß längst bei den alten Griechen eine gewesen ist, welche von einem Schwan in die Umstände gekommen. Und ich habe nachher Karl gefragt und er hat sie auch gekannt: Eine gewisse Leda. Das ist und bleibt eine fürchterliche Schweinerei und sehr gottlos! Man kann sich ein Beispiel daran nehmen, was sich die feinen Herrschaften alles ausdenken und womit sie ihren Firlefanz machen! Ich habe auch zu Herrn von Espenschiet gesagt, daß er mich nicht uzen kann und nicht glaube, daß Maria ihren Jesus von einem Vogel gekriegt hat! Auch wenn die Taube heilig ist und der liebe Gott sie geschickt hat, kann sie doch eine Frau nicht spicken, wie es richtige Männer können! Nachher ist es auch eine ganz schlimme Sache, wenn das Kind vielleicht Vogelfüße oder einen langen Schnabel und Federn hat. Karl sagt, er ist jetzt in der Oper gewesen, wo sie einen gezeigt haben, woselbst von unten bis oben mit Federn bedeckt ist, von Mozart kommt und Pappa Gehno heißt. Aber auch mit diesem Pappa wollen sie uns nur fexieren und es kann ihn in der Wirklichkeit nicht geben. Ich glaube, daß Maria es mit einem Gewissen gehabt hat und dann ist Joseph dahintergekommen und da hat sie die Geschichte mit der Taube erfunden. Vielleicht ist es auch deswegen, daß die Menschen im Tannenbaum immer so hübsche bunte Vögel von Glas haben, indem sie sich an die Geschichte erinnern sollen. Ich bin sehr froh, daß ich nicht katholisch bin und nicht an solchen Unsinn glaube. Karl hat auch gesagt, daß Luther nichts von der Vogelhochzeit geschrieben hat und daß Maria vielleicht einen Papagoy im Käfig gehabt hat, als der Gewisse ihr beikam ...

Mein lieber Willy!

Du kannst mir sagen, was Du willst, aber es ist die Bescherung zu Hause immer am besten und man kann gar nicht genug davon kriegen, daß alles um einen herum die Heimeligkeit und das Wahre ist. Daß Du so rasch zu Deiner Liebsten gewollt hast, kann ich ja verstehen, aber warum mußt Du nun ausgerechnet Neujahr mit deinem Fritze Ebert verbringen? Ich merke es, wie das Socialdemokratische bei Dir ableitet und Du überhaupt nicht mehr an das Christliche denkst. Mich haben auch mannigfaltige Sachen von der Kirche sehr plümerant gemacht, aber wer kann schon wissen, was die Wahrheit ist! Ich habe viel mit Leo darüber gesprochen und er hat mir gesagt, daß Gott sich niemals so erniedrigen wird, um vom Himmel zu kommen und Mensch zu werden. Er ist von jüdischer Natur und kennt das Evangelium nicht. Aber nachdenken muß man auch über so was, und wenn Christus wirklich Gott ist, fragt man sich, warum er überhaupt erst geboren werden mußte. Wozu braucht der liebe Gott Eltern? Er lebet und regieret doch von Ewigkeit zu Ewigkeit und ist allmächtig. Da kann er doch einfach daherkommen, sich einen Anzug kaufen, Schuhe und einen Spenzer und sagen: »Da bin ich!« Wozu Bethlehem und all die Geschichten? Nun denke ja nicht, daß ich schon ganz socialdemokratisch bin. Nein, ich denke nur sehr doll nach und will wissen, was stimmt und was nicht. Wenn Du es genau weißt, kannst Du es mir bei Gelegenheit sagen. Aber keinen Tütelkrams, sondern die reine Wahrheit! Um welche ringt Deine Dich liebende Schwester Julie.

Geehrter, lieber Herr Dr. Knipper!

Suderburg, den 24. Dezember 1916

Über Ihren sehr langen Brief angesichts des Todes auf dem Felde der Ehren von unserem geliebten Willy und für die Zusendung seiner letzten Habseligkeiten danken wir Ihnen aus vollem Herzen, tief bewegt und in der unaussprechlichen Hoffnung, daß Ihnen Ihre Güte und Barmherzigkeit von oben verlohnt sein möge. Ich wundere mich, daß es mir gelingt, an diesem düsteren, verweinten und schrecklich einsamen Heiligen Abend meine Gefühle und Worte in Buchstaben zu bannen, denn allzu groß ist die Erschütterung und allzu mutlos sind wir, die wir hier auf der Erde zurückbleiben müssen, während unser Bruder, wir wir hoffen, es schöner in einer besseren Welt hat. Aber das ist ein Glaube und es ist der Glaube, wie man ihn Weihnachten hat und der so weiß und rein ist wie der Schnee. Sobald derselbe weggetaut, sieht man die Wunden und die Schrunden der Erde. So ist es auch mit unserer Seele und unserem Herzen: Sobald Weihnachten vorbei, beginnen die Zweifel und der Alltag zeigt uns, daß oben die Blume noch blüht, daß unten aber der Stamm längst abgefault ist. Wir haben nichts als Trauer unter den Unserigen, von meinem Schwager gleich drei Brüder gefallen und zwei Cousins, zwei Onkel und viele Freunde auch dahin, daß man den Jubel in Berlin nicht begreift und glauben muß, daß alles, alles nur eine teuflische Mache! Ich weiß, daß man dieses nicht sagen darf, aber Sie sind ein Freund meines sel. Bruders und mit ihm wie Ebert vom gleichen Schrot und Korn. Kann ich mein Herz dahin bestellen, falsch zu schlagen und falschen Worten beizupflichten?

Ich habe in meinem dummen bisherigen Leben nicht gewußt, was die Wahrheit ist. Die Wahrheit ist der Tod, der uns plötzlich in den Weg tritt und uns schon die ganze Zeit belauert hat, ohne, daß wir ihn sehen oder erkennen. Der Tod von Willy hat mich so elend gemacht, daß ich selber dem Grab nicht mehr fern bin und nur einen Halt darin finde, von einem Menschen geliebt zu werden, auf welchen ich warten muß und welchen mir das Schicksal hoffentlich nicht auch noch nimmt: Hermann! Sie müssen es entschuldigen, daß ich Ihnen heute am Christabend nichts anderes schreiben kann, aber es ist zuviel, was man plötzlich verarbeiten muß. An einem Christabend kam mein Vater um, an einem Christabend verlor ich eine Schwester, an einem Christabend den um alles in der Welt geliebten Bruder. Wir können in dieser Zeit nicht ins Licht schauen. Meine Schwester hat nur der kleinen Kinder wegen einen Baum geschmückt, aber kein Kerzenschein vermag in unsere tiefe Trauer zu dringen. In der Kirche hat es mich gekniffen und gewürgt, daß der Pastor den Kaiser gelobt und die Generäle gesegnet. Wer segnet den Tod und seine Helfer? Ich bin ungerecht. Das weiß ich. Aber in mir ist Weihnachten gestorben. Ich weiß nicht, ob es davon eine Auferstehung gibt. Seien Sie mir nicht gram! Es grüßt und dankt Ihnen Ihre unglückliche Julie Schrader, Willys Schwester.

Weihnachten? – Ja, wenn man es wagen kann!
Weihnachten? – Ja, wenn man es ertragen kann!
Weihnachten? – Ja, wenn man es fassen kann!
Weihnachten? – Ja, wenn man es hassen kann.

Sternentaler. Eine wahre Geschichte

In dem großen, weiten Berlin lebte auf dem Moabit, wo die Menschen und die Häuser die Krätze haben und schon verdorben sind, bevor sie erwachsen geworden, bei seinem Großvater ein kleines, schwindsüchtiges Mädchen mit Namen Else. Es hatte die Mama früh an der Influenza verloren und den Papa nicht gekannt, welcher gleich nach ihrer Geburt davongemacht war. Der Großvater hauste im vierten Stocke eines Hinterhauses, woselbst das Licht knapp und das Wasser erst an der Pumpe zwei Straßen weiter. Er war ein Spielzeugschnitzer und machte mit Kunst kleine Holzpferdchen, welche Else in den vornehmen Vierteln verkaufen mußte. Sie hatte kein Geld, um dorthin zu gelangen, wo eitel Freude unter den Menschen herrscht und wo keiner nicht darben muß. Nachts um viere mußte sie aufstehen, sich in der Kälte und im Dunkeln anziehen, und ohne ein Häppchen Brot oder einen Schluck heißen Kaffees stakte sie los auf ihren dünnen, schwachen Beinchen. Kein Mantel und die blaue Halbschürze blähte sich im kalten Ostwinde auf, daß es aussah, als hätte Else einen dicken Bauch. Aber es war keiner, bloß der Ostwind unter der Schürze.

Wenn sie Glück hatte, nahm sie ein Fuhrwerk ein Stück mit längs. Aber heute war keines nicht in Sicht, denn es war der Tag des Herrn, der heilige Abend, und da fahren nur die feinen Kaleschen und Dockkarts, welche keine armen Mädchen mitnehmen. Die kalte Wintersonne war noch hinter dem Kirchturme versteckt, als Else das schöne große Schloß des Kaisers auftauchen sah. Die hohen Fenstern waren erleuchtet und brillerten von dem Eise. Hinter den Scheiben sah man die Schatten der Menschen, welche rasch wechselten. Jeder darinnen war sehr beschäftigt, weil Weihnachten die Beschäftigung an sich vermehrt. Auf einmal war da ein sehr großer Schatten und Else dachte, das muß der Schatten vom Herrn Kaiser sein, von welchem der Großvater immer erzählt und welcher es macht, daß im Lande alle zufrieden und glücklich sein können. Else hatte ganz klamme Finger und konnte die Füße nicht mehr fühlen. Aber selig war sie, daß sie den Schatten des Herrn Kaisers gesehen hatte. Und so ging sie über die weite, steinerne Mopke, auf welcher sonst die Soldaten vom Gardedüköhr marschieren mußten. In ihrem kleinen Körbchen hatte es allerhand vom Großvater geschnitztes Spielzeug, und wenn es nur fünf Stücker davon verkaufen würde, sollte es ein schöner Weihnachtsabend werden mit heißem Kaffee, Suppe und einem ordentlichen Stückchen Brot. Else setzte sich zu der einen großen Figur an der Brücke, welche zur Mopke führt und wartete, daß die hohen Herrschaften kommen sollten, um ihr was abzukaufen.

Aber es kam keiner. Nur ein sehr eiliger Minister stiebte an ihr vorbei. Und als sie die klammen Händchen hob und seufzte: »Kauft, Herr!«, da spie er aus und sagte »Gesindel!« Das sagen alle Minister, weil sie kein Herz für die Armen haben und sich nicht zu sorgen brauchen um die warme Stube und gutes Essen. Um halb zwölf waren die Arme von Else so steif gefroren, daß sie dachte: »Nun werde ich gleich meinen Korb verlieren und keine Kraft mehr haben, ihn wieder aufzukriegen. Ich werde hier wohl sterben müssen. Der arme Großvater! Er hat am Christabend nichts zu essen und zu trinken und muß darben.« Während sie noch so dahin fror und es ihr um den armen Großvater jammerte, kam ein Hallo von der anderen Brückenseite. Zwei große schwarze Hunde sprangen auf sie zu. Erschreckt hob es die Hände vor das rote Gesicht. Der Korb fiel in den Schnee, die schönen Spielsachen lagen zerbrochen auf dem Eise. Doch die schwarzen Hunde taten ihr nichts, setzten sich vor ihr auf und leckten ihr das vereiste Gesichtchen, daß es eine Wohltat für Else war und sie dachte: »Es sind gute Tiere und vielleicht schickt sie der liebe Gott zu mir, weil sich die Menschen nicht um mich bekümmern.«

Gerade als sie weiterdenken wollte, erblickte sie eine hohe, sehr majestätische Gestalt in einem herrlichen weißen Mantel von kostbarstem Hermelinpelz. Auf dem Kopfe hatte der edle Herr eine riesige, brillernde Krone. Sein Antlitz war die Freundlichkeit selber und unter der Nase schwang sich ein lustiger Zwirbelbart von der bekannten Sorte »Es ist erreicht!« Um den Herrn herum standen fünf oder sechs Herren in Uniform und schwarzem Abendmahlsanzug. Es waren Minister und Generäle und sie versuchten, mit vielen Worten und Bewegungen, den edlen Herrn von der Dirne wegzuziehen. Aber der ließ sich nicht und fragte das Kind: »Wie heißt Du denn?« Und sie sagte zaghaft: »Else.« Der hohe Herr zwirbelte seinen Bart und entgegnete: »Das ist aber mal ein schöner deutscher Name. Meine Herren, Sie wissen, daß auch meine Cousine Weimar auf Else getauft ist. Das ist eine große Verpflichtung. Man hebe die Kleine empor!« Und so mußte einer der Minister das Kind auf die Arme nehmen und ins Schloß apportieren, was ihm gar nicht paßte. Alle drei Schritt fluchte er: »Gesindel!«

Der hohe Herr aber hatte sich eigenhändig gebückt

und die hübschen Spielsachen aufgehoben. »Da werden sich meine Jungs drüber freuen!« sagte er vergnügt. »Ich lobe mir das deutsche Handwerk!«

Der Minister trug Else durch viele weite Säle und glitzernde Salongs, in welchen es nach Tanne und Pitschpiehn roch. Überall Kerzen und schöne Vasen und Rosen mitten im Winter und auf den Tischen riesige Schalen mit Prallinees und Lebkuchen. Der Minister mußte Else vor einem flackernden Kamiehn absetzen. Der hohe Herr nahm seine Krone ab und legte seinen Mantel über einen Stuhl. »Nun wollen wir mal!« rief er aus und begann, die klammen Füße und Beine von Else zu reiben, daß sie wieder in Schuß kommen würden. Während er rieb, ließ sich der Edle von Else berichten, wo daß sie wohne und welches ihre Herkunft und Vermögen. »Du kannst mir ruhig alles sagen«, erklärte ihr der freundliche Herr. »Ich bin nämlich der Kaiser und muß über alles in meinem Reiche bescheid wissen, damit ich helfen kann und keiner nicht am Weihnachten darben soll.« Else erzählte mit Stockung und sie war so aufgelöst, daß sie immerzu weinte. Der Kaiser gab ihr sein Taschentuch und nach und nach verlor sie ihre Schüchternis, daß sie auch die Chocolade trank, welche ein Minister aus der Küche des Schlosses hatte holen müssen. Sie kriegte auch feine Bulljong und weißes Brot.

»Herr Minister!« sagte der Kaiser mit großer Erforderung, »Sie bringen das arme Wurm mit Kalesche auf den Moabit, nehmen zwei große Körbe mit Gesottenem und Wein mit und sorgen für Heizung und ein hübsches Weihnachtsgeschenk. Leider ist die Cassa schon zu und ich habe gerade kein Geld bei mir, aber auch dieses wird

Euch guten Menschen über den Winter helfen.« Er drehte die goldenen Knöpfe von seinem Rock ab und ließ sie in den Rockschoß von Else klunkern. Es waren zwölf blanke Goldstücke mit dem Bild des Mehrers von Deutschland. Else war noch klein, aber sie wußte, daß sie nun reich war und daß sie mit dem Großvater in ein festes Haus ziehen konnte, wo es freundliche Blumenfenster gab und ein Bett für jeden. »Du darfst Onkel zu mir sagen!« sagte der Kaiser und strich dem Kind über die glühenden Wangen. Else kam nun mit Hilfe des knurrenden Ministers in die Höchte. Der hübsche Knicks vor dem Kaiser entzückte den Edlen. »Auch die Povertée hat Benimm!« sagte er mit dem Zeigefinger zu dem Minister. »Das sollten Sie nie vergessen, Verehrtester!«

So kam Else glücklich und erregt nach Hause, wo der Großvater sich schon Sorgen machte. Als er den Minister im schwarzen Abendmahlsanzug sah, kriegte er es mit der Angst und dachte, es wäre der Totenarzt und Else vielleicht im Eise erfroren. »Großvater!« jauchzte das Kind ihm mit beiden Armen entgegen. »Großvater, ich war beim Kaiser!« Sie hielt ihm die Goldknöpfe hin und er sah, wie der Minister die Körbe mit Gesottenem und Wein niederstellte und das Geschenk für Else auf den Tisch legte. »Haben Sie keine Bange!« sagte der Minister. »Ihr Enkelkind sagt die Wahrheit.« Er machte, daß er davon kam. Zwei glückliche Menschen hinterließ er auf dem Moabit. Sternentaler und den Holzschnitzer, welcher die Gnade des Schicksals überhaupt nicht fassen konnte. Sie packten alles aus und versteckten die Goldknöpfe im Strohsack des Bettes, denn es gab Unholde in der Gegend, welche Geld und Reichtum rochen. »Gleich am Tag nach Weihnachten ziehen wir nach Pankow!« sagte der Großvater. »Da weiß ich ein kleines, warmes Häuschen.« Else packte das Geschenk des Kaisers aus. Es war eine sehr stattliche Büste von der Kaiserin aus echter Bronce. »Die stellen wir auf unser Vertikow!« jauchzte der Großvater. Dann wurde er ernst. Er nahm Haltung an und sang mit lauter Männerstimme in die eisige Winternacht hinein: »Heil Dir im Siegerkranz!«

Drei Weihnachtspünsche

Der warme Bischof

Dieses ist die feine Art vom warmen Bischof. Es gibt zwei Sorten. Man braucht für den einen weniger, für diesen aber mehr an schönem weißen Wein, nämlich vier Flaschen. Dann braucht man noch zwei Flaschen schönen roten Wein, von der Sorte, welcher Musquat oder Schanti heißt. Der warme Bischof hat acht Eigelb. Man schlägt sie so lange und so oft in einer irdenen Schüssel, bis sie nicht mehr wissen, daß sie Eier heißen. Dann fügt die kluge Hausfrau eine Spitze Zimmet, eine Spitze Ingfer, eine Spitze Cacao und eine Spitze Zuckercouleur hinzu, was den Eierschaum schön gewürzig und braun macht. Inzwischen bullert der Herd, und in seinem großen Loch hat er den Kessel mit dem weißen und den roten Wein. Sie sollen recht heiß werden, aber nicht kochen, was ihren Charakter verdirbt. Sind es herrliche Dämpfe, die von dem Weine abgehen, nimmt man den Kessel rasch vom Feuer. In Groggläser hat die Hausfrau jeweils ein Drittel Eierschaum gefüllt. Nun gießt sie den heißen Wein hinzu, und der warme Bischof ist fertig und kann von jedem, der jetzt zulangt, in seiner vollen Wirkung genossen werden!

Der Uhles

Der Uhles stammt aus Bremen und ist gut, wenn man die Erkältung, Weihnachtsabend oder sehr viele Gäste hat, daß man nicht soviel einschenken muß, weil der Uhles rasch in den Kopf steigt, und nach sechs Gläsern weiß man nicht mehr, wo man wohnt! – Der Uhles ist – wie ich von Frau Geheimrat Knövnagel weiß – sehr leicht zu machen. Man hat zwei Flaschen Wein, weißen. Und man hat zwei Flaschen Wasser, aber nicht von Pumpe, sondern Dillingen oder Sauerbrunn. Zwei und zwei sind vier: So kommen, wenn man den Herd schön verheizt hat und es bullert, alle vier in einen Topf, so sie gehörig auf Hitze gebracht werden. Steigt die Hitze und der Wein mit Wasser im Topfe bis an den Rand, rührt man eine Tasse oder zwei Schnecken Zucker hinein. Dann hat die Hausfrau acht Hühnereier zur Hand, die sie am Rande aufschlägt und in das Kochende tut, wo sie schnell verquackeln. Wie der Blitz fährt der eifrige Schaumschläger in den Topf und zerstiebt die Eier, daß nur keine Flocken entstehen! Man nimmt eine Weile den Topf vom Feuer

und schlägt gehörig weiter, um dann pro Nase eine Tasse voll besten Arraks und auf den Kopf zwei Schluck grünen Mönchsliqueurs unterzurühren, die alles würzen und die Lippen beitzen, wenn man probiert. Nun gibt man noch den Saft von drei Citrullen und das Abgeriebene von denselben sowie ein Gespenst Ingfer hinzu. Und der Uhles ist fertig! Er kommt in vorgewärmte Becher aus Ton oder Glas. Man kann Ingfer auch weglassen, denn er ist sehr scharf und nicht jedermanns Sache!

Punsch für sehr feine Leute

Man nehme den Saft von sechs abgeschälten Citronen, von einer Pommerance und einer Orange. Man setzt ihn mit einer halben Putellje Conjack an und gibt ungefähr eine Tasse Raffinade hinzu. Das läßt man stehen bis zum Abend und probiert zwischendurch, ob alles schön zusammenklingt. Neigt sich die Stunde, hackt die Hausfrau auf einem Brett ein halbes Pfund Korinthen, welche sie zuförderst sauber in heißem Wasser abgewaschen hat. Sie hackt auch ein halbes Pfund Pistazien. Dann begibt sie sich in den Keller und wählt Wein von der Mosel und ein Glas mit eingelegten Reineclauden. Reineclauden werden mit einer Tasse Zucker und einer halben Stange Vanille zu Muß verkocht und alles durch ein feines Sieb gerührt. Ist dieses zur vollständigen Zufriedenheit geschehen, gibt man zu dem Sud den Ansatz vom Morgen und verquirlt alles mit erheblicher Muße und immer links herum. Die gehackten Korinthen und Pistazien fügt man zuletzt bei. Jetzt wird der Wein aufs Feuer gegeben und prächtig angeheizt. Kurz bevor er sich anschickt aufzukochen, läßt man den Sud wie Klickerklüten hineinfallen und rührt kräftig um. Alsbald steigen köstliche Düfte empor. Wenn sich Blasen bilden, muß alles rasch vom Feuer genommen werden, und man schüttet den Punsch am besten in irdene Becher. Man gibt kalten Hasenrücken und Rostbief dazu.

Weihnachtsabend 1916

Auf den Zweigen liegt der Tod.
Weiße Kerzen, nicht entzündet.
Schatten auf dem Abendrot,
Keinen Trost die Nacht verkündet.

Augen, die gebrochen sind,
Ganz vom Schmerz die Seel' entzunden.
Was Dir heilig war als Kind,
ist dem Leben ganz entschwunden.

Glocken läuten keinen Ton.
Stumm im Eis liegt unsre Erde.
Wozu kam der Menschensohn?
Daß uns Angst und Trauer werde?

Abgetrieben

Vierundzwanzig Weihnachtsbriefe
Brachte mir der Postbeamte.
Als ob ich das Fest verschliefe,
Für das einst ich so entbrannte.

Schöne Worte, lieb und milde,
Alles Menschen, die mich lieben.
Leider sind sie nicht im Bilde,
Daß ich Weihnacht' abgetrieben!

Soldatenweihnacht

Was schenkt Euch heut' der Kaiser
Zum heil'gen Weihnachtsfest?
Ein paar verkrümmte Reiser
Und einen Kürbisrest?

Den Saft von Roten Beeten,
Der Euer Blut ersetzt?
Er segnet die Musketen,
Weil er das Töten schätzt!

Und Hallelujah-Strophen,
Sie singt er für Euch laut!
Im großen Todesofen
Ihr bald das Jenseits schaut.

Da gibt es keinen Kaiser
Und keine Weihnacht nicht.
Dort ist auch niemand heiser
Und ohne ein Gesicht.

Dort wachsen wieder Beine,
Die Euch der Kaiser nahm.
Das kommt von ganz alleine.
Dort gibt es Fett und Rahm!

Dort gibt es wieder Weihnacht,
Wie's früher Ihr gekannt.
Ein Paradies, das frei macht,
Regiert von Gottes Hand.
(1917)

Die zwölf Nächte

Wenn am heiligen Abend die Bescherung gewesen ist und alles in der großen Stube auf den Schmaus geht, fangen die zwölf Nächte an. Es sind keine gewöhnlichen Nächte, weil sie bis Dreikönig dauern und Helljäger in ihnen umgeht. Helljäger ist ein früherer Gott von den Germanen, aber kein lieber Gott wie der uns'rige, sondern ein richtiger Quälgeist, welcher die Wolken schiebt und auf einem Eber durch die Luft reitet. Daher ist er auch ein rechter Schweinepriester, der die Räude verbreitet und die Ziegenpest. Daß er nicht in den Stall kommt, muß man gelbe Kugeln unter die Schwelle tun und an der Tür drei Kreuze mit der Kreide machen, was er nicht ab kann. Wenn er die Kreuze sieht und die gelben Kugeln riecht, wird er ganz bramsig und wütend und tobt davon. Wie die Hexen, welche auch Kreuze, gelbe Kugeln und den Besen vor der Tür nicht mit ansehen können. Helljäger hat ein ganzes Heer bei sich, was die Bösen sind, die wo auf Besenstielen, Ziegenböken und Dachrinnen reiten und vor allem die Jungfrauen peinigen. In den zwölf Nächten müssen die Jungfrauen auch drei Kreuze auf ihren Leib machen, damit keiner sie anfassen und ihnen beikommen kann. Und wenn das nicht hilft, sollen sie sich auch drei gelbe Kugeln wohin stecken. Ich habe nie drei Kreuze gemacht und auch keine gelben Kugeln wohin gesteckt und es ist mir kein Helljäger und kein anderer Kujohn beigekommen, bloß der, von dem es mir sehr angenehm war, indem die Nächte zwischen dem heiligen Abend und Dreikönig sehr lang und sehr kalt sind und man gern unter den Federn die richtige Erwärmung und Begleitung hat. Die erste zwölfte Nacht ist am heiligen Abend. Wenn man um Mitternacht in den Stall geht, stehen die Schafe und Kühe alle nach Osten, wo Bethlehem liegt, indem es so Usus ist, daß sie alle nach dorthin sehen, wo das Kind geboren ist. Wenn man tot ist, wird man auch so beerdigt, daß man nach Osten gucken kann, um das ewige Jerusalem und die Ewigkeit zu schauen. Wenn das Jüngste Gerücht ist, thront Gottvater mit seiner Dreieinigkeit auch im Osten, wo der Kiebitzberg ist und es nach Breitenhees geht. Einer von den zwölf Abenden ist Sylvester und da macht man Schabernack und läßt es knallen, indem Helljäger sich mal fix erschrecken soll und das ganze Heer der Bösen abgetrieben wird, wo der Pfeffer wächst. Man kann die Knallfrösche sehr schön unter das Bettlaken tun oder in die Stiebeln und Pantoffelspitzen, daß es ein dolles Juchhuh gibt, wenn sie knallen. Wenn man Blei heiß macht und es in eine Schale mit sehr kaltem Wasser kleckern läßt, kann man die Zukunft lesen. Es kommt darauf an, was für eine Figur Du klickerst. Ist es ein Herz, kannst Du darauf ab, daß Dir einer den Antrag macht. Ringe sagen die Verlobung oder die Hochzeit voraus. Sieht man einen Fisch, kommt der Pastor ins Haus, sieht man ein Kreuz, stirbt einer im nächsten Jahr. Am besten ist, man sieht Flöhe oder Käfer, was schönes Geld bedeutet oder man sieht eine hübsche Blume, welche den Kaffalier anlockt. Ich habe mal drei Blumen geklickert und schon in den nächsten Wochen drei Kaffaliere gehabt, aber ganz moralisch! Sylvester wird noch einmal der Tannenbaum angesteckt und man singt sehr ernste Lieder: »Das alte Jahr vergangen ist« oder »Lobe den Herren, den mächtigen König der Ehren«. Es gibt eine gute Mahlzeit mit Karpfen, Schleien, Hechten oder Neunaugen und französischen Schuß. Nachher wird der Punsch geschloffen. Man muß sehen, daß man Klock zwölf nicht zuviel gepünscht hat, sonst kriegt man das neue Jahr nicht mit. Die Fenster werden aufgetan und man hört die Glocken vom Kirchturme und die Leute in der Nachbarschaft »Prost Neujahr!« rufen. Dann wird ordentlich getanzt und man geht erst gegen den Morgen zu Bett, wenn es schon wieder dämmert. Dreikönig hat Helljäger seine ganze Macht verloren und er muß warten, bis es wieder Weihnachten wird. Die drei Könige aus dem Morgenland kommen mit dem Siebenstern in die Häuser und singen sich eins, wofür sie alte Weihnachtskekse und Nüsse und Äpfel kriegen und wenn die Könige schon sehr erwachsen sind und hinter den Mädchen her, kriegen sie einen Schnaps oder zwei. (1906)

Sylvester

Schnee und Eies, die türmen sich,
Rot sind alle Nasen.
Und es schreien fürchterlich
Die Möwen auf dem Rasen.

Glocken dröhnen aus dem Turm,
’s Jahr geht laut zu Ende.
Ach, so mancher Erdenwurm
Ruht im Leichenhemde.

Manches Glück war still gebaut
In dem letzten Jahre.
Und ich habe gar erschaut
Erste graue Haare.

Was das neue Jahr uns bringt?
Keiner kann es wissen.
Und das alte Jahr versinkt
Mit zwölf Böllerschüssen.

Leb’ dem Tag und denke nie
In der Zukunft Ferne.
’s ist doch alles Phantasie,
Selbst der Glanz der Sterne!

Zukunft

Jetzt hat es zwölf geschlagen,
Es kommt das neue Jahr.
Ob ich es kann vertragen?
Mir ist so sonderbar!

Zurück liegt manches Schweigen,
Auch manches Glück am Rain.
Was wird die Zukunft zeigen?
Fällt ihr was Schönes ein?

Wer herzt mich in den Wochen,
Die auf mich wachsen zu?
Wer gibt dem Sündenknochen
Durch Beichte süße Ruh'?

Wer löst mir sanft das Mieder
Zum Sinnenspiel bei Nacht?
Wer singt mir Schuberts Lieder
Von sieben bis um acht?

Wer schmeckt mir ab die Tunke,
Wenn sie im Topfe kocht?
Wer lauscht dem Ruf der Unke,
Die auch auf Liebe pocht?

Das alles liegt im Dunkeln,
Verborgen dem Gesicht.
Selbst aus der Norne Munkeln
Erkennt man Zukunft nicht!

Neujahr

Mit schmetternden Trompeten
Ist es nun einmarschiert.
In Dörfern und in Städten
Hat es sich einlogiert!

Das neue Jahr, das reine,
Noch ist es unvermählt.
Doch bald hat das Gemeine
Sich diesem zugesellt.

Es wird von ihm entkräftigt,
Gezeugt ist rasch die Pein,
Die uns so hart beschäftigt,
Tagaus und auch tagein!

Der hannöversche Weihnachtsritt

(Eine Ode auf die Wohltaten S. M. des weiland Königs Ernst August von Hannover, jetzt Denkmal, Anno Domini 1910)

Vor dem Bahnhof von Hannover,
Wo es wimmelt Tag und Nacht,
Steht der treue Landesvater
Fein in Bronce nachgemacht.

Auf dem Rosse, fest im Sattel
Sitzt Ernst August felsenfest,
Während er die Landeskinder
»Unterm Schwanze« plaudern läßt.

Hier, wo Welfentreue ehern
In dem Sockel eingebrannt,
Hat schon mancher sein Feinsliebchen
Als die Richtige erkannt.

Rex Ernestus wacht mit Eifer
Über seinen Königsstaat,
Der dem Sohne ward entrissen,
Was der Bluthund Bismarck tat.

Diese Schandtat hat dem König
Seinen Rücken nicht gebeugt,
Wovon seine g'rade Haltung
Auf des Rosses Rücken zeugt.

Nein, die rüde Unterwerfung
Hat ihn stolzer nur gemacht.

Kühn er aus den Augen blicket
Und sein Mund ironisch lacht.

Einmal in der Nacht der Nächte
Steigt vom Sockel er herab
Und er reitet durch die Lande
Bald parfortze, bald im Trapp.

Kümmert sich um seine Treuen
Und beschert sie königlich,
Deren Liebe lockt ihm Tränen,
Niemals schämt er jener sich.

Dort wo Preußenschnödigkeiten
Welfenehre tief verletzt,
Sich der alte, gute König
Selbst ans Leidensbett hinsetzt.

Tröstet rasch mit hehren Worten
Und macht segensreich gesund,
Was mit scharfem Schwert zerschlagen
Bismarck, dieser Lumpenhund!

Während er solch Wohltat spendet,
Endet Kummer und Verdruß,
Hilft das Christkind ihm geschwinde
Als des Himmels Sozius.

Ist der Weihnachtsritt vorüber
Und Hannoverland betreut,
Thront Ernst August auf dem Sockel
Als ein Standbild dann erneut.

Durch das ganze Jahr versammelt
Treues Volk sich »unterm Schwanz«,
Und der König lauscht den Sorgen,
Wie den Wünschen jedermanns.

Alles merkt er sich im Kopfe,
Den Husarenschakko schützt,
Bis am nächsten heil'gen Abend
Die Erfahrungen er nützt.

Reitet wieder durch die Lande,
Hilft und gibt den besten Rat,
Wie er das schon zu Lebzeiten
Als Hannovers König tat!

Weihnachten mit Tante Julchen

Ein Nachwort von Anni Julie Wessling

Meine Kindheit erlebte ich in ländlicher Abgeschiedenheit, nämlich in dem Dorf Suderburg, auf halber Strecke zwischen den Städten Celle und Uelzen in der Lüneburger Heide gelegen. Dort gab es die sogenannte Wiesenbauschule, an der Meliorationsingenieure ausgebildet wurden. Und daher betrieben meine Eltern ein geräumiges Pensionshaus für die Studierenden, die das Leben in dem Ort weithin bestimmten, weswegen unser Haus nicht ohne Grund einen gewissen Mittelpunkt betrieblicher und gesellschaftlicher Art bildete. Mein Vater war Kaufmann in der Landhandels-Branche und später mit den Saatzuchten in der Gegend betraut. So lag das »Regiment« des Pensionshauses fast ganz in den Händen meiner Mutter, die von unserer »Grummuttée« Elisabeth Schrader, Tante Julchen und einem halben Dutzend Haus- und Dienstmädchen Assistenz erhielt. Tante Julchen, die Schwester meiner Mutter, hatte sich Ende 1912 aus ihrem »bewegten Leben« in Hannover, Hamburg, Bremen und Berlin zurückgezogen, sich mit dem Meliorations-Ingenieur Hermann Niewerth verlobt und lebte nun in meinem Elternhaus. Wenn sie nicht kränkelte, kümmerte sie sich auch wohl um das Gesinde. Meistens aber hielt sie sich von »gewöhnlicher Arbeit« zurück, kaufte sich von ihrem Ersparten und von Grummuttée Elisabeths reichlicher Monats-Pension hübsche Kleider, Bücher und allerhand Tand. Wenn sie verreist war, zogen wir Kinder ihre Gewänder und Roben an und machten damit Maskerade. Den ganzen Ersten Weltkrieg über lebte sie in unserem Hause, der

Rückkehr ihres Hermanns harrend, der lange Zeit nach dem Kriegsende noch interniert war. 1920 wurde dann geheiratet (sie war immerhin schon 39 Jahre alt!), weil ein Kind unterwegs war, und Julchen zog – glücklos und verkannt – in die Einöde Oelerse bei dem Städtchen Peine, wo sie allmählich nervlich und physisch verkam und 1939 ihrem Leben selber ein Ende setzte.

Ihre »große Zeit« lag vor dem langen Suderburger Aufenthalt, also in dem ersten Dutzend Jahre nach der letzten Jahrhundertwende. Meine Erinnerungen an sie beginnen vielleicht 1910/1911, als ich fünf Jahre alt war. Sie erschien mir als eine Art von Märchentante, die meist zu Weihnachten auftauchte, mit diversen Koffern, Kisten und Schachteln anreiste, in denen so ziemlich »alle« Schätze dieser Erde herbeigeschleppt wurden. Allein die Ankündigung, Tante Julchen habe ihre Ankunft mitgeteilt, versetzte uns in hellste Aufregung. Grummuttées Stube mit der braunen Manchester-Garnitur und den heimeligen Mahagonimöbeln wurde herausgeputzt, Häkelschoner aufgelegt und allerhand Nippes aufgestellt. In der »großen Stube« kamen neben dem Gips-Beethoven und dem Gips-Schiller grüne Spargelkraut-Töpfe aufs Klavier, die Chenille-Gardinen waren frisch gegelbt, die Stores gebleicht, die Kissen auf dem »Sopha« neu überzogen. Tante Julchen brauchte »Ambiente«, um sich wohl zu fühlen. Und dann kam sie, stieg im langen Schleppmantel mit Feenpelz-Kapuze und passendem Muff aus dem Uelzener Personenzug, vom »Controlleur« gestützt, während aus dem Gepäckwagen ihre überdimensionalen Schließkörbe und sonstigen Utensilien ausgeladen wurden, die Stationsvorsteher Krümmel und Thielen-Vater, unser Kutscher, in Empfang nahmen und mit der Bahnhofsschubkarre zum Schlitten oder zur Kutsche brachten, je nachdem, was für ein Wetter herrschte.

Wir Kinder sahen diesem Empfang atemlos zu. Da kam eine Prinzessin, die so fein angezogen war wie kaum eine andere Frau im Dorfe, nicht einmal die Frau Pastor und die Frau Wiesenbauschuldirektor, die sonst den Ton angaben. Tante Julchen, so würden wir heute formulieren, stahl allen die Show! Während der Schlittenfahrt zu meinem Elternhaus bekamen wir die ersten Eindrücke von der großen, weiten Welt, in der Tante Julchen lebte. Grüße vom Berliner Weihnachtsmann und seinen putzigen Helfershelfern wurden bestellt. Unsere Neugier wuchs von Geschichte zu Geschichte, und sehnsüchtig harrten wir der Dinge, die zum Fest aus den Koffern und Körben verteilt werden sollten. Aber gleich erfaßten wir auch, daß unsere Tante Julchen sozusagen ein höheres, zerbrechlicheres Wesen war. Richtig anfassen durften wir sie nicht, und wir mußten uns vorher die Hände kräftig seifen, ehe sie uns guten Tag sagte. Sie teilte Kopfnüsse aus und zwickte uns die Wangen, wenn wir ihre Garderobe unvorsichtigerweise beschmutzt hatten oder Eselsohren in ihre Journale machten, die wir nur unter ihren Argusaugen besehen durften. Für jedes Foto in der »Gesellschaft« oder in der »Sport Illustrirten« hatte sie einen ausführlichen Kommentar. Den Herrn Baron von Sowieso hatte sie gerade bei Kommerzienrat X getroffen, die Gräfin Dingsbums beim Jour der Baroneß Vonundzu. Tante Julchen wußte, warum der Großherzog von Weimar mit der Fürstin Pless abgebildet war und warum der Fürst Eulenburg schönen Pagen schöne Augen machte. Ihre Phantasie kannte in allem keine Grenzen. Und wenn sie erzählte, daß sie einer echten Feenkönigin im Berliner Tiergarten begegnet war, daß sie den Kaiser und die Kaiserin im Prunkschlitten, begleitet von Elfen und Schneeprinzessinnen erblickt, blieb unser Kindermund vor Staunen offen.

Nun ging es mit den Weihnachtsvorbereitungen los. Tante Julchen übernahm das Kommando. Sie brachte uns wunderschöne Gedichte bei und sang mit uns am Klavier Advents- und Weihnachtslieder. Sie hatte eine schöne Altstimme und kannte Verse und Melodien, die uns sehr behagten und die wir nie zuvor gehört hatten. Ich war ihre Lieblingsnichte, und da ich sehr musikalisch war und auch die Gedichte am besten behielt, wurde ich, ohne daß es die anderen sahen, zusätzlich mit köstlichem Zuckerwerk und aromatischen »Prallinées« gefüttert. Sie konnte auch sehr böse sein, wenn sie – wie meine Mutter sagte – ihre »Tour« hatte. Dann durfte man sie nicht anreden und ging ihr besser aus dem Weg. Ich weiß nicht, was sie dazu zwang, uns Kinder auch scheußlich zu ängstigen, wenn sie spätabends in unser Kinderzimmer schlich, sich vor den Betten hinkniete und schreckliche Stimmen machte, uns »zu grugen«. Und wir grugten uns natürlich enorm, bis meine Mutter hinter das Treiben ihrer Schwester kam und ihr das Betreten des Kinderzimmers versagte.

In der Adventszeit hatten meine Eltern wenig Zeit, sich um uns zu kümmern. Die Romantik dieser Wochen drang allein aus Grummuttées Stube, in der auf dem gemütlichen Bullerofen Bratäpfel schmorten. Sie backte uns »Orsledders« und las uns aus den frommen Schriften des Heide-Apostels Louis Harms vor. Auch in der kostbar eingebundenen Bilderbibel von Doré durften wir blättern, und Grummuttée wußte die Geschichten um Weihnachten, Anbetung und Dreikönige in ihrer mütterlichen Art auszuschmücken. Wir durften Teller aufstellen, auf die Sankt Nikolaus etwas legte, der natürlich auch das eine oder andere in die blankgeputzten Schuhe vor dem Kinderzimmer steckte. Tante Julchen wußte sehr viel mehr als Grummuttée. Ihre Geschichten hatten stets aktuelle Bezüge. Besonders aufregend war der Thoms-Abend, drei Tage vor dem Fest. Man feiert ihn nur im Lüneburgischen. Irgendwie hat er mit dem ungläubigen Thomas zu tun. An diesem Abend erschienen nach Anbruch der Dunkelheit die Thomse, die sich Strümpfe über den Kopf gezogen hatten und die Hände mit Ofenruß schwärzten. Sie hatten zudem einen Aschenbeutel in der Hand. Und wer das Jahr über unartig gewesen war, bekam kräftig Asche ins Gesicht gestaubt und wurde »schwarz gemacht«. Vor diesen Thomsen fürchteten wir uns ganz gewaltig, so daß wir uns schon vom Mittag an verkrochen. Die Thomse hatten es aber meist auf die jungen Mädchen abgesehen, die sie packten und durchkitzelten. Was Wunder, daß ein Thoms, der wie Hermann Niewerth aussah, Tante Julchen ergriff und sie zum »Quieken« brachte. Zum Abschluß des Thoms-Abends gab es meist einen Glühpunsch und das erste Weihnachtsgebäck.

Wenn wir zu Bett gebracht worden waren, machten die Erwachsenen unter Anleitung von Tante Julchen spiritistische Sitzungen. Tischrücken und Geisterbeschwörungen gehörten dazu. Dergleichen hatte die »Poetantin« in Berlin gelernt. Auch der »nasse Handschuh« gehörte zu dem Spiel. Am dunklen Tisch machte ein mit genäßten Sägespänen gefüllter Handschuh, »die

Totenhand«, die Runde, und wer von ihr angefaßt wurde, kreischte auf. Das Spiel war nicht nur Spiel. Man konnte ja nicht genau wissen. Tante Julchen war im Vexieren unschlagbar. Auch mit uns Kindern machte sie solche »Spökenkiekereien«, und von ihr wußten wir, daß es Gespenster, Geister und »das Jenseits« gab.

Am Morgen des 24. Dezember versammelte Grummuttée die Familie in ihrer Stube zur Andacht. Sie las aus den »Goldenen Äpfeln in silbernen Schalen« von Louis Harms vor. Es gab ein warmes Frühstück, und daß der Weihnachtsmann im Haus war, erkannten wir Kinder daran, daß der große Eßsaal abgeschlossen war und auf den Treppenstufen Lamettafäden lagen, was in den Jahren vor dem Ersten Weltkrieg erfunden wurde. Zuvor gab es die »leonischen Drähte«, die eine ähnliche Wirkung hatten.

Der Weihnachtsbaum, an die drei Meter hoch, stammte aus dem Räberschen Forst. Meine Eltern und Tante Julchen stritten sich manchmal um die »Figur« des Baumes, was zur Folge hatte, daß bisweilen drei oder gar vier zur Auswahl dastanden. Nur der schönste wurde akzeptiert und von meiner Mutter unter Tante Julchens Assistenz mit den prächtigsten Kugeln, Wachsengeln, Eiszapfen, Posthörnern, Schleifen und Kerzen geschmückt. Dieses Wunderwerk bestaunten an den Weihnachtstagen die Dorfkinder, die mit uns um den festlichen Baum herumtanzten und Kekse und Nüsse erhielten.

Zum Gottesdienst durften wir Kinder noch nicht mit. Gegen drei Uhr fuhr der geräumige Schlitten mit den Erwachsenen ab, und wir Kinder versteckten uns, von Tante Julchen hinreichend bange gemacht, unter einem großen Küchentisch, dessen Decke wir bis zum Boden vor uns hinabzogen, damit der Weihnachtsmann oder Knecht Ruprecht uns nicht finden konnte. Nach dem Kirchgang zogen sich die Erwachsenen um. Es ging piekfein zu. An der Korridortür klingelte es, und Hermann Niewerth, Tante Julchens Bräutigam, stand im Cutaway draußen mit vielen Geschenken neben sich. Tante Julchen machte bei solchen Anlässen »Staat«. Meist hüllte sie sich in tiefgelbe Seidengewänder, die zu ihrem dunklen Teint und Haar besonders wirkungsvoll kontrastierten. Eine tiefrote Rose im Haar oder gar Perlen. Und Hermann mit Vatermörder, Piquéweste und Perle im Plastron, Glacéhandschuhen und Mausefellen über den Schuhen. Grummuttée in schwerem schwarzen Atlas, ein Seidenhäubchen auf dem mit Kastaniensaft gefärbten Haar, um den Hals ein Sammetband mit einem goldenen Kreuz daran.

Am liebsten hatten wir den Onkel Willy, den Bruder meiner Mutter und Tante Julchens, der das Gediegenste mitbrachte, was es gab: ganze Ananasfrüchte oder mechanisches Spielzeug und Baukästen. Tante Julchen bescherte uns mit riesigen Puppen aus Berlin, die Glasköpfe und Lederbälge hatten und so angezogen waren wie die Baronin Dingsbums oder die Gräfin Sowieso. Und wundervolle Stoffe schenkte sie uns, aus denen Grummuttée Schrader nach dem Fest Kleider entwarf und nähte. Was wir nicht alles kriegten: Brummkreisel und Ziehharmonikas, Tamburins und Puppenwagen. Am liebsten war mir der »Auerbach'sche Kinderkalender«. Mit den hübschen Hauchbildern konnte ich mich stundenlang beschäftigen oder mit den Früchten aus Pappmaché.

Die Bescherung war in erster Linie eine Sache für die Kinder. Aber wir beobachteten natürlich auch, was sich die Erwachsenen schenkten und wie Tante Julchen errötete, wenn Hermann Niewerth ihr eine Brosche an den Busen oder einen Ring auf den Finger steckte. Es wurde gesungen, und meist mußte ich die Weihnachtsgeschichte aufsagen. Dann trug Tante Julchen eigene Gedichte vor, man stieß an und ging nach nebenan, wo die große Tafel gedeckt war. Zumeist gab es den traditionellen Rippenbraten, dann Rehrücken, feine Kompotts, Welfen-Pudding. Nach dem Hauptgang strebten wir Kinder wieder zum Tannenbaum, während die Erwachsenen die Weihnachtspost herumreichten und zwischen den Gängen vorlasen. Ein Großteil der Verwandtschaft saß in Amerika.

Mit dieser Weihnachtsseligkeit war's vorbei, als der Erste Weltkrieg ausbrach und gleich seine Opfer forderte. Lichtlose Jahre folgten. Es wurde nie wieder so hell, wie es früher gewesen war. Nie wieder.

CIP-Kurztitelaufnahme der Deutschen Bibliothek

Schrader, Julie:
Bethlehem und Gänsebrust : ges. Advents- und Weihnachtslust / Julie Schrader. Hrsg. von Anni Julie Wessling. — 1. Aufl. – Hamburg : Hoffmann und Campe, 1985.
ISBN 3-455-07890-7

Umschlaggestaltung und Illustrationen: Dorlis Meyer, Hamburg
Gesetzt aus der Souvenir-Antiqua
Satzherstellung: Utesch Satztechnik GmbH, Hamburg
Lithographie: Buss & Gatermann, Hamburg
Druck- und Bindearbeiten: Mainpresse Richterdruck, Würzburg
Printed in Germany